Dias de se fazer silêncio

Camila Maccari

Dias de se fazer silêncio

2ª reimpressão

autêntica contemporânea

Copyright © 2023 Camila Maccari
Copyright desta edição © 2023 Autêntica Contemporânea

Todos os direitos reservados pela Autêntica Editora Ltda. Nenhuma parte desta publicação poderá ser reproduzida, seja por meios mecânicos, eletrônicos, seja via cópia xerográfica, sem a autorização prévia da Editora.

EDITORAS RESPONSÁVEIS
Ana Elisa Ribeiro
Rafaela Lamas

PREPARAÇÃO
Ana Elisa Ribeiro

REVISÃO
Marina Guedes

CAPA
Cristina Gu

ILUSTRAÇÃO DE CAPA
Marcela Dias

DIAGRAMAÇÃO
Guilherme Fagundes

Dados Internacionais de Catalogação na Publicação (CIP)
(Câmara Brasileira do Livro, SP, Brasil)

Maccari, Camila
  Dias de se fazer silêncio / Camila Maccari. -- 2. ed., 2. reimp -- Belo Horizonte : Autêntica Contemporânea, 2025.

  ISBN 978-65-5928-294-4

  1. Ficção brasileira I. Título.

23-157071   CDD-B869.3

Índice para catálogo sistemático:
1. Ficção : Literatura brasileira   B869.3

Eliane de Freitas Leite - Bibliotecária - CRB 8/841

A **AUTÊNTICA CONTEMPORÂNEA** É UMA EDITORA DO **GRUPO AUTÊNTICA**

Belo Horizonte
Rua Carlos Turner, 420
Silveira . 31140-520
Belo Horizonte . MG
Tel.: (55 31) 3465 4500

São Paulo
Av. Paulista, 2.073 . Conjunto Nacional
Horsa I . Salas 404-406 . Bela Vista
01311-940 . São Paulo . SP
Tel.: (55 11) 3034 4468

www.grupoautentica.com.br
SAC: atendimentoleitor@grupoautentica.com.br

Pro vô e pra vó.

Maria sentia aquele cheiro quando ainda era promessa, muito antes de chegar em casa, porque o irmão ainda levaria horas para voltar, mas o cheiro já estava por ali, transformado em algo pela simples iminência, impregnado no ar e nos móveis, na cortina que balançava aberta moldando a janela e que deixava entrar no quarto o vento feito vento de enxofre, na mãe que andava ansiosa de um lado para o outro batendo cobertas e espanando brinquedos e nela própria, também na Maria, que existia nesse espaço e que, existindo nesse espaço, acabava sendo uma parte incontestável dele, parte da casa, do quarto, da mãe e do cheiro, e isto lhe dava certo asco culpado, perceber que de seus poros também podia sair aquele cheiro, que era como cheiro de enxofre – era cheiro de morte doença hospital, e era cheiro de irmão.

– Varre direito que tu não tá varrendo direito. – A mãe passava o pano molhado logo depois que a menina passava a vassoura, e essas ordens aleatórias deixavam Maria espumando de raiva, como se ela não estivesse fazendo direito, exceto que ela estava fazendo tudo direito, sim, e, ultimamente, esta era a única motivação da mãe para falar com Maria, ordens e mais ordens para servir ao irmão, como se ela já não se esforçasse o suficiente e como se não tentasse, com todas as forças, fazer mais que o suficiente, e sozinha, tão sozinha, e também pensava que, se a mãe queria tanto que ela fizesse direito, bem, a mãe que fizesse direito também, porque conseguia olhar para o canto e ver um rastro de poeira que, se não tinha sido tirado com a vassoura, seguia sem ser tirado com o pano, e o pano molhado era função da mãe, que estava fazendo malfeita a única coisa que fazia ultimamente, e essa coisa era transformar em limpeza os cuidados com o irmão.

– Tá – Maria respondeu e depois mordeu a parte interna dos lábios, porque mordendo a parte interna dos lábios era mais fácil de se concentrar em não chorar, e tinha que lembrar de que não podia derramar uma lágrima sequer, não queria dar esse gosto para a mãe, fingia que tudo acontecia em volta dela e perto dela e em cima e embaixo dela, mas que nada disso a atingia, porque logo tudo terminaria e a ideia era voltar a viver a vida a partir de um momento zero – não a mesma vida, isso ela sabia –, mas uma vida diferente, que trouxesse todos aqueles elementos da rotina anterior à doença do irmão. Então mordia a parte interna dos lábios mesmo que a vontade fosse de literalmente chutar o balde e fazer com que a água suja se espalhasse por todo o quarto, e tudo bem que apanhasse, nem se importava mais, podia apanhar e podia ter de trabalhar dobrado para limpar a bagunça e podia também ter de ficar ouvindo a mãe chorar durante horas até que ela, a mãe, se lembrasse de entrar mais uma vez em modo de silêncio e, mesmo assim, tudo bem, ao menos a mãe ficaria desesperada achando que não daria tempo, que cada bactéria não teria sido devidamente extinta do quarto, que o ar que ela estava tentando preparar – como se isso fosse uma possibilidade – não ficaria suficientemente esterilizado para a chegada do irmão e que isso acabaria adiantando, nem que fosse em alguns minutos, a inevitável morte dele. Mas para isso era preciso certa coragem e sangue-frio. Maria não tinha coragem e não tinha sangue-frio e também sabia que não existia naquele quarto cheiro nenhum que não fosse o cheiro de limpeza, feita com muito cuidado por ela e pela mãe para que, mais que cheiro de limpo, tivesse cheiro de nada.

Passaram a manhã deixando o cômodo o mais livre possível de qualquer coisa que pudesse ser nociva à saúde precária do irmão. Embora Maria soubesse que isso não fazia mais diferença, e ela tinha certeza de que a mãe também sabia que isso não fazia mais diferença, não era algo que ousasse falar, esse nunca seria o tipo de comentário que faria para a mãe, que se dedicava com afinco à tarefa silenciosa de deixar tudo muito limpo, mas bastava saber que ela sabia que tudo o que fazia, fazia por nada. E, se sabia, por que não parava? Por que não olhava para o lado? Por que simplesmente não aceitava que as coisas não estavam todas em suas mãos, assim como Maria sabia que as coisas não estavam em suas mãos e preferia não ter de fingir que isso faria qualquer diferença? Porque teve um tempo, antes de tudo, em que a mãe limpava a casa como uma mulher normal limpa sua casa, com cuidado, capricho e o suficiente, seguindo uma listinha de afazeres diários que deixava pendurada na porta da geladeira, esfregar as calças encardidas, encerar o chão, tirar o pó, lavar as janelas. Foi depois de tudo que a mãe passou a limpar a casa como alguém que percebe a tarefa como sinônimo de amor e deixou de lado sua mania de listas, porque agora não existia mais planejamento, era tudo uma limpeza compulsiva que Maria era obrigada a seguir de perto todos os dias, e Maria não amava dessa forma.

Estava exausta. Tinha dormido poucas horas na noite anterior porque a mãe a liberou tarde da faxina e a chamou cedo para finalizar o quarto. Toda a casa – a parte de cá, ao menos – tinha sido praticamente esterilizada. O chão da cozinha foi esfregado, o fogão lixado, a caixa de lenhas esvaziada. Na sala, Maria tirou o pó de todo objeto disponível – e a mãe tinha uma coleção de louças em miniatura que, apesar do tamanho, ou principalmente por causa do tamanho, conseguia acumular em cantinhos uma quantidade impossível de pó endurecido. Na noite anterior, enquanto passava um pano molhado e depois um pano seco em cada um dos objetos, Maria conseguia ver pela porta apenas uma parte do corpo da mãe lixando o fogão. Sabia que ela inspecionaria todo o serviço depois, quando Maria fosse para a cama. Não se importava: escolheu aleatoriamente e deixou para trás algumas das cerâmicas cheias de pó. Não que quisesse fazer mal ao irmão, sabia que não faria nada a ele, não havia mais espaço para nenhuma coisa ruim acontecer com Rui. Ele tinha quase onze anos e já havia passado boa parte da vida indo e vindo de hospitais. Maria tinha exatamente um ano a mais e passou boa parte da vida acompanhando todo esse processo e via que tudo o que já podia ter acontecido com ele, e tudo quer dizer a noção de tudo que compreende tão pouca idade, aconteceu. Menos a última coisa, aquela da qual ninguém falava, mas que era a coisa definitiva e absoluta. Puxou para a frente da prateleira todos os objetos que deixou sujos – se fosse para fazer, que fizesse direito; se fosse para apanhar, apanharia. Qualquer coisa, ela justificaria desatenção por causa do cansaço, estava cansada mesmo, meu Deus, como se sentia cansada nesses últimos dias. Desde a possibilidade da alta do irmão, que ela sabia que seria a última, até a liberação dele e a chegada em casa, tudo o que fazia era limpar e limpar e limpar. Não tinha mais descanso, não acompanhava mais Germano nas brincadeiras, não podia mais ficar à toa. Tinha de estar disponível para a mãe na sua loucura silenciosa. Seguia a mãe porque não havia escolha — era filha, a outra filha, a filha saudável, aquela que não perdia nada. Perdesse tempo, ao menos, porque que sortuda tu é, Maria!

— Tá com muito sono, filha? — a mãe perguntou enquanto Maria bocejava ao sair do quarto e seguir varrendo pela sala. — Tu dormiu muito pouco ontem à noite, não é mesmo? Hoje tu dorme cedo, todos vamos dormir cedo mesmo. — A mãe ensaiou um sorrisinho cúmplice em sua direção.

— Eu vou dormir quando a gente acabar.

— Quando a gente acabar o teu irmão vai chegar e daí nós vamos todos ser uma família.

A caminho de revirar os olhos, Maria parou, mas só porque a mãe a olhava. Achou ridículo o horário marcado para serem uma família. Se agora, por exemplo, não eram elas duas uma família, o que eram? E qual o motivo para ter pressa em ser uma família se seriam uma família para sempre, já que, apesar de Maria saber das coisas, ninguém tinha achado digno contar a exata verdade para ela? Mas, então, desde o irmão, deixaram todos de ser família? Fora do hospital, das visitas infinitas, do cheiro de doença, da luz clara demais, não eram família? Ou ainda, mais ainda, quando o irmão estava internado, mas ela e a mãe e o pai estavam em casa, na parte de cá, não eram mais família? Se a mãe achava isso era só porque estavam incompletos, faltava sempre um e, logo mais, faltaria um para sempre, e como será que vai ser então.

— Tu passa o pano seco para lustrar o chão aqui que eu vou fazer o almoço.
— Eu posso ir almoçar ali com o Germano e com a tia, não faz almoço.
— Não, vamos almoçar nós duas hoje.
— Eu quero comer a comida da tia...
— Eu limpo eu a cozinha depois, Maria...

Teria sido melhor se não desse na cara o motivo pelo qual queria evitar que a mãe fizesse o almoço, mas chegava a sentir um desespero em pensar que continuaria limpando — ainda mais que a mania de limpeza da mãe não se aplicava a todas as partes de todos os processos, e cozinhar era quase uma revolução —, não restava louça nos armários para contar história. Maria já sabia que, quando crescesse, usaria e lavaria a louça enquanto cozinhava e também limparia a casa uma vez por semana apenas — quem sujasse muito que limpasse a própria sujeira. Quando tivesse filhas e elas crescessem, elas limpariam a sujeira de Maria também, porque Maria sentia que àquela altura já teria cumprido toda a cota de limpeza disponível para uma pessoa e daí, provavelmente, as filhas sentiriam a mesma coisa quando crescessem e fariam suas filhas, as netas de Maria, limparem as sujeiras delas também e então Maria daria início a uma linhagem de mulheres que limpariam as sujeiras de suas mães, mas seriam incapazes de limpar as próprias sujeiras, e para isso serviriam as filhas. Pegou os panos que a mãe tinha jogado no quarto e se pôs de joelhos. Um pedaço de flanela sob cada um deles e um sob cada mão e toda a força possível para deixar aquele assoalho brilhando. Terminou a tarefa e seguiu parada, prostrada, de quatro, com o suor escorrendo perigosamente pela testa — no caso, muito suor escorrendo pela testa por causa de todo o esforço e perigosamente porque se formavam gotas que ela atacava com um braço quando sentia que estavam prestes a pingar no chão em vez de escorrer até o pescoço, e era um perigo que pingassem no chão limpo. Olhou ao redor e percebeu que, com tudo o que a casa já fora – e a casa provavelmente era a mais legal de todas e do mundo e com certeza da comunidade de interior em que viviam, e não só daquela, mas das outras comunidades também, porque Maria já fora várias vezes em várias festas de domingo em cada um desses lugares e passava em frente a várias casas e nenhuma chegava perto de ser tão legal quanto esta, duas que, na verdade, pareciam uma que, na verdade, eram duas –, mesmo com toda essa grandeza, naquele momento a construção se resumia àquele quarto. Era como se a casa de duas partes iguais, construída pelo vô, e todo o pátio e todas as árvores e a horta e as plantações do pai e do tio e o chiqueiro e a estrebaria, era como se nada mais importasse depois da porta daquele quarto e das janelas e das paredes. Tinha se transformado no primeiro lugar – era para esse espaço que todo o resto convergia e era esse espaço que sustentava mal e mal todo o resto nos últimos anos, e todas as outras partes da casa e da propriedade eram como um anexo do quarto de Rui. Imaginou os próximos dias e os dias depois e, nos dias depois, visualizou o quarto sendo fechado, interditado e, aos poucos, esquecido, porque onde não há movimento nem vida não há nada, e era assim que seria. A porta até se confundiria com a parede e ninguém mais carregaria o peso de quando a casa não era nada mais do que o quarto: frágil, solitário, iminente, embora a casa nunca tivesse sido apenas isso. Ela era todas as coisas. Sentiu uma gota de suor pingar e deixou que caísse no chão, afinal, ela suava, seu corpo era perfeito, era um corpo perfeito em uma redoma para um doente, e que estranho isso, quanta culpa acumulada, quanta tristeza na culpa. Que cor poderia ter toda a escuridão do mundo, do tipo qual seria a cor que ela, naquele quarto, percebendo o suor no próprio rosto e a doença do irmão no ar, poderia ter. Não conseguia pensar em uma cor para isso, mas também não fazia diferença encontrar cor para o que sentia e que cor será que teria a culpa? Um xadrez de preto e cinza? Talvez fosse isto que a mãe tivesse em mente quando exigia tanto dela e quando a punia tanto com a distância, que ela era perfeita e deveria sentir culpa. Talvez, desde sempre, a mãe tenha amado mais o irmão e culpasse Maria por não ser ela a que padecia. Será que era isso? Mas, antes disso, Maria não tinha certeza de que foram distintos os cuidados com ela e o irmão, e a mãe podia ter sido meio louca e às vezes meio ausente, mas também sempre fora amorosa e carinhosa porque sempre pôde ser tudo, a mãe, por que agora não podia mais? Talvez esse pensamento não tivesse nada a ver, não sabia. Uma vez a tia tinha explicado que Maria só teria ideia do que a mãe estava passando quando ela própria tivesse filhos.

— Antes disso, a gente nunca imagina, meu amor — dizia a tia, que morava na parte de lá da casa, era casada com o irmão do pai de Maria e era mãe do primo Germano e, também, desde que Rui ficou doente, alguém a quem cabiam várias vezes os cuidados generosos com Maria, que percebia o quanto a tia tentava sempre não poupar nunca amor e atenção —, sua mãe te ama muito, tanto quanto ao Rui, mas ela precisa cuidar dele agora porque é ele quem está doentinho e não pode estar por perto. — E que fosse isso Maria entendia, mas, mesmo assim, passava horas sentada nos joelhos dela e com a cabeça apoiada em seu ombro, que era como se fosse outro ombro de mãe. Só que não era o ombro da mãe.

— Se eu fosse eu a mãe, eu ia querer amar também os filhos que estão perto. — A tia a apertou mais forte e deu uma risada.

— Tu vai ser! E daí também vai ter muito mais sorte que a tua mãe. Vai ter todos os filhos que quiser e vai amar muito todos e o tempo inteiro.

Maria esfregou a testa no chão. Seu corpo suava e era um suor sem cheiro e saudável e ela viveria tempo suficiente para fazer um monte de coisas diferentes e, se tivesse vários filhos e um deles ficasse doente assim, então cuidaria para amar muito esse desafortunado, mas para amar mais ainda os filhos que estavam bem, porque ela pensaria que poderiam ser eles e não o outro. A mãe só devia pensar o contrário: por que Rui e não Maria? Ouviu o chamado da cozinha e se apressou em dar uma última passada de pano seco na parte do assoalho manchada com seu suor. Chegou e a mãe estava com a mesa arrumada, comida servida, enquanto permanecia parada, encostada na pia, fumando um cigarro. Maria sentou enquanto a mãe acabava de fumar.

— Eu te sirvo eu que tá quente. — E esperou a mãe vir e montar seu prato com polenta, galinha com molho, salada e uma fatia do queijo que a mãe e a tia faziam no porão e que era delicioso quando soterrado na polenta mole, quente e amarela, para depois ser misturado todo derretido. Comeu uma vez e depois comeu mais outra, essa era sua comida favorita em todo o mundo e a mãe cozinhava de forma sensacional. Teria sido melhor se a mãe tivesse almoçado também, mas estava ansiosa e Maria aceitou tranquila que ela fumasse um cigarro atrás do outro sentada ao seu lado, assistindo meio dispersa à filha comer com vontade. Secou a louça que a mãe lavou e depois foi mandada direto para o banho. Sabia que teria de tomar banho antes da mãe porque a mãe demoraria horas até ficar sem cheiro nenhum e completamente limpa – de uma maneira que nem Maria, nem o pai, nem o tio e a tia, nem Germano conseguiriam ficar, não importava quantos banhos eles tomassem.

A mãe um dia já teve o melhor cheiro do mundo

A mãe tinha um cheiro doce que era como cheiro de mel e de baunilha e de sabão e especialmente de flor de laranjeira, mas de rosa também e de copo-de-leite e do algodão que elas tinham ganhado de lembrancinha pelo nascimento do filho da vizinha e da geleia que a mãe fazia e mais ainda da geleia que a tia fazia, que tinha um cheiro mais doce, e da rapadura que o pai comprava na bodega e da moranga caramelada que eles comiam aos domingos e também dos bolos e da nata com açúcar de cana e do doce de leite e da tarde quando era quase verão e de todos os corpos pós-banho e, principalmente, a mãe tinha cheiro do corpo do pai depois dos banhos em que tirava a barba e também do perfume que o pai tinha dado de aniversário de casamento e que ela usava apenas quando iam para a missa e para as festas da comunidade e então cheiro doce como cheiro de missa e de festa e como o pudim e a torta e mais todos os outros cheiros doces do mundo que Maria ainda nem conhecia, mas que faziam parte do cheiro da mãe, que era um cheiro doce só dela porque a mãe tinha um cheiro doce de mãe e Maria sentava no colo da mãe, que mexia em seu cabelo, fazia carinho, cantarolava e depois falava algumas coisas e apertava e beijava Maria, e não era nada disso que era o bom, o bom era o cheiro da mãe, um cheiro puro conforto e refúgio e não existia lugar mais seguro e confortável no mundo do que o colo da mãe, com o cheiro doce da mãe, que era um cheiro que acalmava tudo.

Até que um dia a mãe não tinha mais cheiro nenhum. Uma manhã, Maria entrou na cozinha para tomar café antes de encontrar Germano na área da casa para irem juntos até a beira da estrada esperar a condução que os levaria para a escola que o irmão já não ia mais. Entre uma lua e um sol, uma noite e uma manhã, um colo e o vazio, uma coisa e outra e, nesse espaço, um tempo suficiente para todas as mudanças, a mãe deixou de ter qualquer cheiro. Ela estava sentada à mesa da cozinha fumando um cigarro como em todas as manhãs e tomando uma xícara de café como em todas as manhãs depois de preparar uma fatia de pão com nata e geleia e um copo de café com leite para Maria. Havia o café e o leite e o pão e a grama molhada lá fora e a bosta úmida de vaca no pasto e o cigarro e a nata e a geleia e o próprio cheiro, o cheiro que Maria sentia e que era seu, um cheiro do sono que pertencia ao seu próprio corpo toda manhã, que vinha como sua identidade, assim como o cheiro doce da mãe fazia parte da identidade da mãe e todos os cheiros aí, jogados, quebrados, desequilibrados. O cheiro que unia todos os outros já não existia mais e era como se eles se desintegrassem, perdessem sua harmonia – agora cada coisa tinha seu cheiro específico e esse cheiro deixava de ser parte de algo maior, algo que parecia casa, lar, conforto, o cheiro daquilo que se conhece e em que se confia, o cheiro que mantém as coisas em seu devido lugar. Maria se acostumou com a falta de cheiro da mãe e entendeu, também, que as coisas já não estavam no seu devido lugar.

A gente também sente nojo de quem ama e às vezes o nojo é só raiva

Já fazia um ano que a vida tinha sido tragada pelo irmão em suspensão e tudo bem, um ano que a rotina, para Maria, era feita das ausências mais sentidas, das esperas mais injustas, dos espaços mais vazios e tudo bem porque a tia já tinha dito e a mãe tinha dito também que às vezes as coisas acontecem por algum motivo, como se Deus soubesse o que estava fazendo, mas disso, principalmente no começo, Maria não sabia o que falar porque há muita coisa para um ser só saber do mundo. Numa tarde, depois de não ver a mãe por duas semanas, Maria viu a ambulância chegar pela estradinha de terra que ligava a estrada principal à propriedade. Ninguém tinha avisado que não apenas a mãe, mas também o irmão, vinha para casa nesse dia, e isto acontecia com frequência, ninguém avisava Maria de nada porque poderia ser que os planos dessem errado, poderia ser que não voltassem e, enfim, nesse dia eles voltaram e assim que viu a ambulância, antes mesmo que tivesse a oportunidade de pousar os olhos e os braços nos dois, mãe e irmão, Maria correu para o banho. Rápido, mas impecável, sentia que uma das coisas nas quais tinha se aprimorado nos últimos meses era em tomar banho e permanecer limpa porque a mãe não permitia nem que se pensasse no irmão sem estar praticamente esterilizada e esterilizada era uma palavra que a professora ensinou para Maria na escola, depois de ela perguntar se existia algum momento em que o corpo ficava limpo o suficiente para se poder ficar junto de alguém doente sem causar mal a essa pessoa. Um banho rápido, cabelo pingando, roupa limpa. Era melhor que a ansiedade pelo reencontro fosse controlada durante o banho e assim também não precisaria se sentir esperando porque a sensação é de que não há espera enquanto há ação, não há solidão enquanto há barulho, mas isso ela já sabia que não tinha nada a ver: quantas vezes ela se sentiu sozinha mesmo com Germano falando sem parar? Saiu, a ambulância já não estava estacionada, o irmão estava no quarto, a mãe na cozinha. Não sabia para onde correr primeiro e por isso correu para a mãe.

O ambiente já estava com a claridade diminuída porque a tarde também diminuía. Entrou limpa e vestida, arrumada para evitar aquelas atribulações que já conhecia e que a deixavam ansiosa, de mal ser tocada e já ser mandada para o banho. Chegou para dar um oi à mãe, que não via há duas semanas, e, embora a tia fosse ótima, a tia era a tia. Assim que pisou no cômodo, e pisou leve porque essa também era uma coisa a que se acostumou nos últimos meses, andar leve, pisar leve e querer em voz alta muito muito levemente, ficou parada perto da porta olhando para a mãe sentada em uma cadeira com os braços apoiados na mesa. Foi uma sequência: a cara da mãe, que estava emagrecida, mas também inchada, as marcas pretas sob os olhos, as lágrimas que escorriam sem encontrar nenhuma resistência, a respiração que parecia mais difícil, aquela luz que já era tão pouca na cozinha e fazia a mulher parecer ainda mais triste, a camiseta da mãe, que era amarela, mas não combinava com o amarelo e trazia manchas de suor perto da gola e sob os braços, o cabelo oleoso e descuidado e o tempo que a mãe demorou olhando para Maria até conseguir de fato vê-la ali, parada, limpa, a filha mais velha, que, até esse momento, sentia saudade. A mãe estendeu um braço, deu um sorriso enquanto enxugava as lágrimas e disse oi, meu anjo, vem cá. Maria foi porque agora já não dependia dela, tinha sido chamada, se permitiu ser abraçada e beijada pela mãe, que deixou uma mistura de lágrimas e, quem sabe, ranho na bochecha da filha. A culpa veio depois, de noite, enquanto revivia aquele momento e não conseguia escapar do mesmo sentimento da tarde. Depois desse dia, todas as vezes, durante uma quantidade tremenda de vezes, Maria sentia nojo da mãe quando a via chorando, e a mãe chorava tanto que era desesperador até o ponto que, em certos momentos, Maria odiava a mãe por fazê-la sentir nojo dela e sentir culpa depois porque o nojo da mãe foi a primeira culpa.

Eram quase duas da tarde quando a mãe foi tomar banho e Maria já estava pronta e limpa e com sono e esperando. Foi até a sala, na estante das cerâmicas, checar se sua transgressão tinha passado despercebida. Não tinha. A não ser que o fato de aqueles pratinhos e copinhos e xicarazinhas estarem completamente limpos e sem pó não significasse que a mãe tenha percebido a desobediência da filha, mas simplesmente que a mãe refizera todo o trabalho que tinha ficado a cargo de Maria na noite anterior apenas porque sim. Estavam todas limpas. Se era para refazer tudo, então por que, em primeiro lugar, pedir que Maria fizesse, estando Maria tão exausta? Quanta raiva ela sentiu, queria ter o poder de produzir pó e, se tivesse, espalharia pó em cada pedacinho da casa, embaixo de cada tapete, atrás de cada móvel, dentro de cada pote, incrustado em cada canto dos cômodos e, mais ainda, na parte de lá da casa, com o tio e a tia e o Germano, e colocaria pó neles também e nela própria e, por último e principalmente, encheria a mãe de pó e seria tanto e em tantos lugares do corpo que ela poderia ficar para sempre no banho e mesmo assim nunca ficaria limpa o suficiente e teria de pegar seu filhinho no colo mesmo cheia de pó porque, se não, se tentasse eternamente ficar limpa, se tentasse ser o lugar mais seguro do mundo, não poderia nem estar perto quando acontecesse, e Maria jogaria isso na cara dela para sempre. A mãe apareceu na sala de banho tomado e bem-vestida e, como a filha sabia que aconteceria, sem emanar cheiro algum, limpíssima, quase transparente, como se não fosse uma pessoa que fazia as coisas que outras pessoas faziam, que fazia cocô e xixi e que tivesse gripe e febre. Quando passou pela janela e o vento fez balançar seus cabelos, Maria chegou a aguçar a respiração porque ainda tentava, todos os dias, sentir algum dos cheiros da mãe, mas o vento trouxe para dentro o cheiro de todas as coisas da tarde, e nada das coisas da tarde se assemelhava agora às coisas que já foram um dia cheiro de mãe. Acompanhou-a com os olhos se sentando no sofá e roendo as unhas, e imaginou que ela se segurava muito para não fumar agora, mas sabia que ela não fumaria porque fumar tem cheiro ruim e tem fumaça também e o irmão já tinha de ficar com aquelas máscaras horríveis e, às vezes, ele já tinha dificuldade para respirar com aquela coisa, a fumaça provavelmente só atrapalharia ainda mais, a própria Maria, que respirava bem, respirava pior com toda aquela fumaça e, também, a própria Maria, que respirava bem, se sentia sufocada quando era obrigada a usar a máscara para interagir com o irmão.

— Tu vai me ajudar a arrumar a festa de aniversário? — A mãe olhava para Maria parada do outro lado da sala. Maria abaixou os olhos e fez um tanto faz subindo e descendo os ombros várias vezes. Às vezes sentia que ela já não pertencia em nada àquela mulher sentada no sofá e sentia raiva da mãe porque sabia que, como filha, ela era da mãe, mas não sentia nada que indicasse isso em certos momentos e naquele momento. Mas então a quem pertencia agora? Porque ao pai também não, e ela ainda não era uma pessoa que pudesse pertencer apenas a si mesma. Na verdade, não sabia se as pessoas eventualmente tinham a chance de pertencer apenas a si mesmas, elas provavelmente sempre pertenciam a alguém, mesmo que isso fosse transitório, não sabia, só sabia que seu corpo não reconhecia o corpo daquela mulher, principalmente em todas as vezes que assim, do nada, apenas olhando para ela sentada no sofá, Maria sentia uma repulsa que a percorria como um arrepio e sentia nojo de pensar que tinha saído dali, mas logo depois sentia um monte de culpa, mas agora ela já sentia outras culpas também, então tanto fazia uma a mais, uma a menos.

— Pro Rui?

— E pra ti também, os dois fazem aniversário juntos, não fazem?

— Sim, mas eu pensei que este ano ia ser só dele.

— Não fala isso Maria, quem te disse uma coisa dessas? Aniversário é de quem faz aniversário, tu faz doze, o Rui faz onze, os dois fazem aniversário. — O rosto da mãe se transformou, se encheu de novo, a paz que ela estava se esforçando para criar simplesmente desapareceu e, se perguntassem, Maria diria que a cor da mãe era tipo um cinza.

Tinha feito de propósito. – Eu sei o que tu quis dizer e quero saber quem foi que te falou uma coisa dessas. Isso não é coisa que tu possa sair repetindo assim, não quero um comentário desses na frente do teu irmão, tu me ouviu? – A mãe tentava controlar o desespero da voz falando baixo e rápido e Maria queria bater na cara dela. Como se ela não soubesse da verdade e como se tivesse dito uma mentira! Ninguém tinha se dado ao trabalho de contar para Maria que o irmão estava morrendo, que isso estava irremediavelmente para acontecer, que as procissões da casa ao hospital e do hospital para a casa chegariam ao fim porque, dessa vez, o irmão já não podia mais. Tudo o que ela descobrira sobre a doença de Rui fora se esgueirando pelos cantos, se escondendo no quarto dos pais no escuro quando ouvia que eles cochichavam, ouvindo a tia e o tio falando sobre o assunto, ouvindo a mãe chorando com a tia. E ninguém tinha achado importante contar para ela e para Germano, cara a cara, que os dois estavam perdendo o irmão e o primo e que a vida como fora nos últimos anos estava finalmente chegando ao fim, então, realmente mesmo, ninguém tinha lhe contado uma coisa dessas que ela ousava jogar na cara da mãe. Sentia raiva da mãe e raiva também desse aniversário que teria de comemorar com o irmão como se alguém estivesse, de fato, comemorando alguma coisa. Balançou a cabeça enquanto olhava ofendida para a mãe, que a olhava com uns olhos esbugalhados de cobrança.

– Por que tu não tem mais cheiro de nada? – Como se fosse um desafio. Nesse momento a mãe provavelmente também sentia nojo dela.

– Teu irmão pode enjoar. – Simples assim, como se nem se importasse mais em ser desafiada, como se nem fosse um desafio, apenas uma das coisas que agora eram como eram.

– O pai ainda tem cheiro, e a casa também, e eu tenho cheiro também. – A mãe olhou para a filha, ficou em silêncio e encheu os olhos de lágrimas. Maria sentiu um misto de constrangimento e prazer pelas lágrimas da mãe, um sentimento que se equivalia a uma vitória daquelas não muito merecidas, uma vitória num jogo em que se rouba nas cartas. Não tinha cheiro ali e Maria sentia que não sobravam mais afetos para ela, embora soubesse que essa associação não tinha de, necessariamente, fazer sentido e, por mais que fizesse, ainda havia um coração que, apesar de machucar, também era machucado e Maria queria infligir à mãe toda a dor que ela lhe infligia, tudo isso antes dos dias melhores que viriam, como se a vida agora fosse aquela última página do caderno, usada para rabiscar um monte de coisas sem importância alguma porque é a última página e não tem nada depois, só um caderno novo. Se preocupou, de qualquer forma. Se o irmão pudesse enjoar, não queria que isso acontecesse por sua causa, não nos últimos dias. Queria poder dar ao irmão toda a naturalidade e energia que eles tinham nos dias antes dos dias ruins. Talvez, então, ela mesma devesse se certificar de tomar banhos mais cuidadosos e trocar de roupa mais frequentemente e não correr muito antes de estar com ele. No entanto, por mais que tentasse disfarçar, Maria não suportava o cheiro que vinha com o irmão, que saía de sua pele e não mudava nunca, não passava nunca, não importa quão distante ele estivesse do hospital, o cheiro era sempre o mesmo, aquele cheiro que ela sentia no ar desde quando descobrira que ele vinha para casa de vez, então, quem sabe, não seja o hospital que tenha esse cheiro, mas era o cheiro da doença, e antes disso Maria nunca tinha pensado em doença como algo que tivesse cheiro também, mas, desde o irmão, seu próprio corpo reagia, então era inevitável porque, no fim, era sempre ela quem acabava ficando enjoada. Teria a morte cheiro também? Andou até o sofá, se sentou ao lado da mãe, que levantou um braço para envolvê-la e dar um beijinho em sua cabeça enquanto a abraçava confortavelmente. Não durou muito. Ouviram o barulho de pneus e era a ambulância que entrava pela estradinha de terra, o pai sentado à frente, ao lado do motorista. Atrás e longe dos olhos, guardado como a fragilidade que era, estava o irmão, que vinha passar uns dias em casa pela última vez.

Eu não sei o que é mais importante, se a primeira vez ou a última

Passava os dias zanzando para cima e para baixo, esperando que Rui voltasse de uma vez. Não tinha muito o que fazer, a não ser ficar com a tia, porque estava sozinha em casa e Germano tinha ido passar uma parte das férias nos outros avós dele, e Maria não tinha mais vó ou vô nenhum, então tinha de ficar por ali. Tinha decidido que dormiria todas as noites ao lado do irmão porque ele devia estar cansado de ficar sozinho e porque ela também não gostava mais da ausência de Rui e do quão solitária se sentia naquela casa. Fazia dois meses que ele tinha ido para o hospital, já tinham passado o aniversário separados e foi o primeiro aniversário que passaram separados, porque Rui tinha nascido no dia em que ela completava um aninho. Encheu dois balões que encontrou na gaveta de bagunças da cozinha e fez um cartaz com uma folha de caderno, tinha pensado em usar várias folhas e fazer um cartaz maior, mas na hora desistiu e usou uma só. Seria bom ter o irmão de volta e um pouco de companhia. Adoecer é algo solitário, mas também, quando alguém adoece, todo mundo que envolve a pessoa acaba adoecendo de certa forma, a energia parece que diminui. Maria se sentia assim, sem doença, mas sem vontades. Arrastou o colchão de sua cama para o quarto de Rui e concordou em usar a mesma máscara que ele usava porque a mãe quis assim e, se a mãe cedia em deixá-la ficar algumas noites com o irmão, ela cederia nas exigências da mãe, que tinha certeza de que todo mundo deixaria Rui ainda mais doente porque todo mundo era sujo demais para ele. Enquanto o irmão dormia, Maria ficava parada olhando seu rostinho, tão pálido e cheio de manchas roxas que tentavam se camuflar sob a pele, mas estavam lá. Maria dormia com o peito pesado de ansiedade e, como em todas as noites desde que a vida ficara inconstante, acordava e se escondia na despensa para chorar. Logo restabeleceram a rotina que tinham só os dois, movidos pela intimidade de serem, além de melhores amigos, irmãos. Conversavam antes de caírem no sono, depois que a luz já tinha sido apagada e os pais tinham ido dar o boa-noite que indicava a hora de dormir, embora, depois, viessem espiar porta adentro, revezados, a cada quinze minutos. De começo, Maria tinha muitos cuidados para lidar com o irmão porque a mãe pedira e explicara o quão sensível ele estava. Brigar era terminantemente proibido e o castigo dela ficava exposto em cima de um armário na cozinha, uma varinha de vime daquelas bem fininhas a que Maria e o próprio irmão já estavam acostumados. De qualquer forma, ela não se importava. Não passava pela sua cabeça causar qualquer aborrecimento ao irmão e ela tinha certeza de que não teria motivos para isso, ele estava doente. Então passavam as noites em claro, o máximo de tempo que conseguiam, falando sobre coisas que estavam ao seu alcance falar e fazendo brincadeiras que ajudavam o tempo a passar mais terno.

— Se eu pudesse, eu te daria o mar inteiro.
— E eu, se pudesse, te daria todas as estrelas.
— E eu te daria o mundo.

— Mas as estrelas são maiores do que o mundo.
— Não são, não.
— São, sim.
— O mundo é tudo.
— É, mas as estrelas estão fora do mundo e elas são muito maiores que o mundo e são infinitas. Tu já esqueceu tudo da escola?
— Cala a boca, Maria.
— Cala a boca tu.
— Se eu pudesse, eu te daria a minha doença.

Pessoas doentes não eram como velhos, afinal, todos bonzinhos. Maria pensou na varinha de vime em cima do armário e na promessa que fizera à mãe. Depois disso, ficaram em silêncio os dois e, naquela noite, quando acordou, como em todas as outras, Maria simplesmente virou para o lado e dormiu de novo.

Qual é a origem das coisas e a origem nunca é um lugar só

Não teve um dia em que o irmão acordou, levantou e daí caiu doente, mas teve um dia em que ele foi percebido doente, quando a mãe olhou preocupada e atenta para Rui. A partir de então, todas as outras coisas se fragmentaram. Estava quente e brincavam durante uma tarde depois do almoço, incansáveis porque era o primeiro dia de férias e nos primeiros dias de férias as crianças geralmente querem absorver tudo o que não podem em todos os outros dias do ano, todo o tempo e todo o calor desse outro tempo. Os três com o mínimo de roupa em frente da casa, na grama verde e na sombra formada pelo manto de árvores que escondia a propriedade da estrada, tomando banho de mangueira e de balde e de bacia, tudo que conseguissem encher para se jogarem água e se refrescarem e fazerem toda a bagunça possível porque esse dia era quente e era férias e tanto faz que o dia anterior tenha sido um domingo, a primeira liberdade das férias vem só na segunda-feira, tudo estava permitido e, como o humor da mãe estava precário nos últimos dias, sabiam que tinham de aproveitar qualquer momento bom. A mãe e a tia estavam sentadas na área, olhando desatentas para as crianças enquanto conversavam, até que a mãe veio andando rápido na direção dos três. Puxou Rui pelo braço e perguntou se Germano e Maria estavam batendo nele porque eram mais velhos e Maria achou isso bem nada a ver porque ela era só um ano mais velha do que o irmão, mas era menina, o que, na verdade, não queria dizer nada, se quisesse poderia desmontar Rui e desmontar Germano também, mas não era o caso, e Germano nem chegava a ser um ano mais velho do que Rui e, além disso, eles não se batiam por brincadeira, tinham uma regra, só que talvez a mãe não soubesse: só batiam um no outro por motivo muito confirmado de merecimento e também nunca eram dois contra um, geralmente apenas os envolvidos no problema – embora uma vez Rui tivesse batido em Germano por Maria porque ela estava com muita dor no joelho ralado depois de cair um tombo provocado pelo primo, mas esses arranjos eram todos feitos na hora, com a justiça pedida pelo momento.

A mãe veio alarmada porque tinha visto o que Maria e Germano e o próprio Rui já viam fazia dias: marcas pretas estranhas se espalhavam pelo corpo do menino, hematomas nas costas, nos braços e no peito que faziam o resto da pele ficar ainda mais branco. Ninguém tinha dito nada porque todos ficaram com medo de apanhar e, naqueles dias, essa ameaça parecia sempre a ameaça maior, a pior coisa que poderia acontecer, o momento em que culminaria tudo o que eram e o que faziam e os fariam pagar pela desobediência porque, por mais que fossem amados pelos pais e que tivessem comida e que fossem à escola e que pudessem brincar, por mais que tivessem infância e não consciência, já que naquela idade não há como ter consciência dessas coisas, a ameaça de apanhar era uma constante, já que, num primeiro momento, eles estavam proibidos de todas as coisas. A palavra de ordem era não, até que se conquistasse o contrário. Antes não podiam ir para a estrada e, depois que foram e apanharam, passaram a poder ir para a estrada, mas não podiam ir longe. A violência funcionava como uma moeda de troca, compreendiam. Sempre que apanhassem, alguma janela que antes era fechada se abria um pouquinho, mas, estudadas as probabilidades, nenhuma janela se abriria ao perceberem que Rui estava misteriosamente machucado. E combinaram os três, na ingenuidade de seus seis e sete anos, que ficariam em silêncio até que os hematomas sumissem. Foi o próprio Rui que pediu que eles não contassem, e os outros dois ponderaram. Se contassem, poderiam apanhar porque achariam que eles eram os culpados. Se não contassem, Rui poderia usar isso contra eles e, de certa forma, eles ficariam à mercê das vontades do irmão, mas era ele quem queria segredo. Ninguém contava e todo mundo ganhava. Até porque, nos últimos dias, a mãe estava diferente, agindo estranho, furiosa por nada, e Maria e Rui – e inclusive Germano, porque todos os adultos tinham licença para machucar – ficavam o máximo possível longe dela. Não falavam muito, nem alto, nem perto dela e nunca repetiam uma pergunta ou um pedido. Se pedissem algo e a mãe não desse, se entretinham com qualquer outra coisa até sentirem que era seguro pedir de novo. Nesses dias, o tio tinha trazido um galo para casa e o galo era um bicho com muitas vontades e um temperamento forte. O bicho se encarnou em Rui e deu uma verdadeira surra no menino, numa tarde em que brincavam no pátio, chegando a derrubá-lo na grama, o que foi bem engraçado, mas ninguém pôde rir. A mãe acompanhava a cena e, assim que livrou o caçula dos ataques, berrou que eles saíssem atrás do galo e que só voltassem com o animal em mãos – que fossem cuidadosos, mas que voltassem com o galo em mãos. Aquele foi o fim do bicho e Maria podia jurar que a ave fora depenada ainda viva por causa do tempo interminável dos berros que vinham do porão. Os três ficaram meio perturbados e o episódio serviu para terem ainda mais cuidado com a mãe, porque nesses dias essa era a pessoa que ela era.

    Mas isso foi antes do dia em que estava quente demais e todos usavam o mínimo de roupa possível, inclusive Rui, que estava só de calçãozinho, sem pensar no perigo, porque que perigo teria, e então a mãe o viu e o puxou com força e ameaçou os outros dois e agora estavam todos como em suspensão, respirando lentamente e se mexendo o mínimo possível, enquanto a mãe, nesse humor novo que tomou conta dela nas últimas semanas, examinava as marcas no corpo do filho com muita atenção. Não gritou, não brigou com ninguém, não fez nada. Beijou Rui enquanto todos viam as lágrimas enchendo os seus olhos, mas isso não era nada estranho porque, nesse mesmo dia, ela tinha chorado enquanto lavava a louça do almoço. Disse que fossem brincar que ela ia preparar um lanche. Precisou ainda dois dias mais para que as dores de cabeça e os episódios de vômito começassem e, dias depois daquele dia, o irmão saiu para consultar na cidade e, pela primeira vez, não voltou.

Os dias que são os mais felizes também podem ser os piores

Diziam que Maria e Rui faziam aniversário no mesmo dia porque os pais quase não aguentaram seguir direito um negócio chamado quarentena, mas Maria não sabia exatamente o que isso queria dizer, só que era uma coisa da qual sempre tinha alguém para falar. Mas isso era bastante comum, principalmente entre as pessoas com a idade dos pais deles, que geralmente tinham irmãos com quase a mesma idade e também tinham muitos irmãos. Vai ver faziam essas piadas nas festas de aniversário deles também. O pai era um caso muito raro na região porque tinha só mais um irmão e a mãe era um caso mais raro ainda porque os dois pais morreram quando ela era bem pequeninha e ela até tinha irmãos em alguns lugares, mas não se sabe onde, porque acabou vindo para a comunidade e sendo criada por uma prima distante e solteira da mãe. Mas ela também nunca falava sobre o assunto, então Maria não tinha como saber quão pesado era ser assim, desde sempre tão sozinha, porque agora, além da família que ela criara, ela não tinha mais ninguém. Maria e Rui tinham só mais um primo e era como se todos fossem irmãos. O mais legal é que Germano passava metade de um ano com a idade de Maria e outra metade com a idade de Rui e então existiam os três, desde sempre tão juntos que não fazia diferença alguma que não tivessem mais primos. Na escola, havia colegas que chegavam a ter 25 primos, um monte de gente, aquelas famílias enormes, provavelmente cheias de barulho, o que deveria ser ótimo também. De qualquer forma, deveria ser impossível ficar tão amigo de um monte de gente assim da mesma forma que Maria e Germano e Rui eram amigos porque eram apenas em três. Quando fez oito anos, Maria passou o dia com Germano, a tia e o tio, e, por mais que a tia tivesse feito um bolo e tivessem cantado parabéns e ela tivesse ganhado o presente que os pais prometeram e tivesse balão pendurado, nada mais aconteceu. Sentiu, pela primeira vez, que não tinha mais ninguém e, embora soubesse que isso não era verdade, que os tios estavam ali do lado e Germano também e os pais estavam cuidando do irmão que ficara doente e logo logo todos estariam em casa, essa foi a primeira vez que a suscetibilidade das coisas bateu forte. O irmão estava fora de casa fazia mais de duas semanas já e os pais também estavam fora de casa fazia mais de duas semanas já, embora o pai tenha aparecido para pegar algumas roupas, falar com o tio, garantir o que chamava de ordem das coisas, pois mesmo imprevisíveis as coisas precisam de ordem, era preciso colher o milho numa parte da terra e capinar a soja em outra, e o tio estava dando conta de tudo sozinho. O pai chegou parecendo mais triste que cansado, pegou Maria no colo por uns momentos e foi tomar banho para tirar um pouco do hospital de si e foi isto mesmo o que disse, dando dois tapinhas na perna de Maria para que ela saísse de seu colo.

— Vou tomar um banho pra tirar um pouco do hospital de mim, sabe, o hospital é uma coisa que fica na gente.
— Maria saiu e ficou sentada no sofá, esperando. Germano

veio e se sentou ao seu lado, ia falar alguma coisa, mas não falou. Ficaram em silêncio, até que o pai apareceu na sala com o banho tomado e a barba feita.

— A mãe disse que a janta tá pronta. — E Germano saiu correndo e Maria não correu atrás. Esperou o pai e foi do seu lado. Naquela noite, depois da janta, quando estavam de volta na parte de cá da casa, o pai prometeu que ele ou a mãe voltariam para o dia do aniversário, que se dividiriam, um pai para cada filho aniversariante, e todos estariam felizes e prometeu que, mesmo separados, seria como se estivessem celebrando essa data todos juntos, porque todos estariam pensando em todos, e prometeu para Maria a boneca que ela queria e também que ano que vem as coisas já estariam normais.

— Daí a gente faz de novo a festinha de aniversário para vocês, e ano que vem tu já vai fazer nove anos, uma moça! E Rui, oito! Ele sempre vai estar atrás de ti né, tem que correr muito para acompanhar essa margaridinha. — E encheu Maria de cócegas e Maria riu e ficou grata por esse colo do pai, a quem ela amava, mas que geralmente não fazia muita diferença porque o pai é quem fica fora de casa.

— Eu tô com saudade, pai. De ti e da mãe, e tô com muita saudade do Rui também. Só o Germano não tem graça.

— Eu sei que sim, mas não se preocupe que daqui a uns dias todo mundo vai estar em casa e vai ficar tudo bem. O mano vai ficar bem.

— Crianças não morrem, né? — Porque, para Maria, as experiências de doenças mais sérias, que exigiam tanto hospital, estavam todas relacionadas a velhos, e velhos morriam. O pai ficou em silêncio e Maria só pôde sentir o movimento mais acelerado do peito. Ergueu os olhos e ficou apavorada e constrangida porque o pai chorava e homens adultos não choram e ela se afastou arrastada daquele colo e daquele momento. O pai deixou que Maria dormisse com ele na cama e Maria dormiu um sono tranquilo e protegido porque o pai tinha dito que ele ou a mãe estariam de volta daqui a uns dias, que um dos dois estaria com ela em breve para comemorar o aniversário – torcia, secretamente, poder ficar com a mãe.

Já era tarde da noite do dia em que Maria fez oito anos e a tia e o tio queriam que ela fosse dormir. Não foi. Disse que esperaria. Foram todos, menos ela. Na casa escura depois de um dia marrom de alegrias misturadas a tristezas, Maria estava grudada no vidro da janela da sala, olhando para fora e esperando a luz que fosse outra que não a da lua e a dos vaga-lumes e a das estrelas e a dos olhos das corujas que espreitavam. Ela já teve muito medo de corujas, mas agora sabia que, apesar da cara, elas eram pássaros normais, apenas com hábitos de sono diferentes, a professora tinha explicado que elas dormiam de dia e ficavam acordadas de noite, por isso os olhos delas brilhavam na madrugada e elas faziam tanto barulho. Em momento algum a estrada se iluminou com o farol do carro e Maria acordou com a tia fazendo carinho em sua cabeça e dizendo venha deitar. A tia ligou a luz enquanto olhava atentamente para Maria, que foi incapaz de sustentar o olhar e começou a morder a parte interna dos lábios, já sabia que mordendo a parte interna dos lábios era possível evitar as lágrimas, mas ela estava bem melhor do que o irmão, então nunca podia reclamar.

Existem palavras que só fazem diferença quando dizem respeito a algo que faz diferença

Já era a milionésima vez que o irmão voltava do hospital e Maria não lembrava quando tinha parado de contar as vezes dessas idas e vindas. A mãe estava com ele no quarto e o pai e o tio estavam sentados na área, fumando um palheiro e conversando com calma, com pausa, lembrando de coisas de quando eles eram mais novos, como se pudessem tirar um tempinho para se agarrar no passado e, assim, evitar cair o tombo causado pelo mundo virado de cabeça para baixo.

— Lembra do porre de vinho com os piá do Darci? Eu nunca mais consegui tomar vinho depois daquilo, tu vê. — O tio soprava lentamente a fumaça do palheiro.

— Bah, eu passei uns bons anos sem conseguir provar de novo, mas foi aquela coisa, depois do primeiro gole, desceu que foi uma maravilha. Se é bom é bom, vai fazer o quê. — O pai riu e o tio também.

— Foi o mais novo do Darci que desmaiou, né, nem lembro, mas ele tinha o quê, uns dez anos?

— Eu tinha catorze, tu uns doze, deve ser. Sobrou pro mais velho, que apanhou de cinta até ficar os vergão.

— É, mas isso porque a gente roubou o vinho. — Os dois estavam gargalhando lembrando da história, e Maria achou tudo muito querido. Queria ter acordado Germano, que dormia um sono depois do almoço, para que ele ouvisse também, mas teve medo de perder o resto das fofocas que eram as lembranças dos dois irmãos. Às vezes esquecia como o tio e o pai deviam ter sido crianças tão ligadas quanto eles três agora. Era sempre engraçado saber o quanto os pais também aprontavam quando eram novos, e olhar para os dois era meio alaranjado, não o laranja-vivo, mas aquele que parece quase um marrom-clarinho, como se fossem, eles próprios, uma fotografia.

– Imagina quando a gente tiver que lidar com os nossos fazendo dessas. – O tio continuou, mas sua cara se contorceu assim que ele acabou de falar. O pai também parou de sorrir e os dois ficaram entretidos com seus cigarros e suas fumaças.

– Rui é terminal. – Essa foi a primeira vez que Maria ouviu a palavra. – É isso e deu, agora a gente se esforça para fazer com que seja o menos pior, sabe. Não bom, mas menos ruim. – O pai olhou para o tio apenas o tempo de dizer toda essa frase e depois voltou a olhar para o pátio e as árvores e qualquer coisa além. O tio também ficou em silêncio e pareceu que o silêncio era exatamente do que se precisava naquele momento. Maria percebeu que ainda não sabia viver um momento desses, se estivesse ali de fato, como o tio, teria tentado entender, tentado dizer alguma coisa. Sentiu pena do pai, sentado fumando, com o rosto já sem nenhum traço de riso. Percebeu que só relevava a dor da mãe na história toda porque achava que na verdade o pai não sofria tanto quanto ela e quanto a própria Maria, mas isso não devia ser verdade. Sentiu tristeza ao imaginar que aquela pessoa que fora o pai jovem, pouco mais velho que ela, feliz bebendo vinho e se divertindo com os amigos, tivesse de lidar com a tristeza e a injustiça que é ter um filho que sofre de uma doença há tanto tempo já.

Na escola, pediu o dicionário emprestado para a professora. Já tinham aprendido a achar as palavras, mas Maria nunca precisou procurar nada lá com tamanha pressa, só o que a professora mandava, e ela não sentia muita urgência em achar as coisas que a professora queria que ela achasse, mas mesmo assim era uma aluna bem boa. Presumia que terminal fosse algum tipo de doença porque, por mais que ela e Germano insistissem e pedissem doente de quê, ninguém usava um nome para falar sobre o que o irmão tinha, apenas doente de doente. A mãe dizia que saber isso era suficiente porque toda doença, no fundo, é igual: tira energia da pessoa e quem está em volta tem de se esforçar ao máximo possível para dar um pouco da própria energia para ela, com atenção, carinho, amor e favores.

Terminal: que termina; que marca o fim; que ocupa o ápice.

Não entendeu tão rápido assim porque terminal parecia estar relacionado a coisas e a acontecimentos, e uma festa termina, as férias terminam, a sobremesa termina e terminam também o verão e os amendoins da Páscoa, mas o pai tinha dito que o irmão era terminal e será que queria dizer que a doença estava terminando, mas ele disse Rui é terminal e não a doença é terminal. Foram alguns segundos ou minutos, não tem como saber, foi esse tempo que não se marca no relógio até que a ficha caiu e Maria não apenas entendeu perfeitamente, mas conseguiu também sentir que o irmão era terminal. Depois de tanta dor e tanta solidão e de a mãe ficar tão mal e tão outra e de o pai ficar tão quieto e tão desatento e de Maria ficar sozinha e tão sozinha e de o irmão ficar triste e tão machucado e chorar tanto e sentir dor e estar sempre perfurado e ficar tão feio, tadinho, depois dos últimos anos em que quase tudo foi sofrimento, tirando as partes boas, quando o irmão voltava, quando estava sem dor, quando podiam brincar e a mãe fazia doces e Germano dançava em volta deles, tirando essas partes boas, agora ela sabia que, em algum tempo, não sabia quanto tempo, não sabia se o pai ou o médico sabiam quanto tempo, ela não sabia, mas ela também não deveria nem saber que o irmão era terminal, então em algum lugar desse tempo que agora também era impossível de marcar no relógio, mas que provavelmente seria tempo pouco demais, o irmão terminaria. Nem toda dor vinha para abrir uma nova janela, então. Azul muito escuro e, ao mesmo tempo, claro demais.

Se uma criança pode morrer, todas as crianças podem morrer

Antes eles faziam um monte de coisas que não deviam fazer porque era perigoso e eles poderiam morrer porque eles não tinham medo da morte. Tudo podia matar aquelas crianças porque nada de verdade representava um perigo real real mesmo. Quando diziam vocês vão acabar morrendo, os três entendiam que, se fossem pegos, iam acabar apanhando, já que todas as promessas de morte eram cumpridas com chineladas, puxões de orelha e varinhadas nas pernas. Apenas pessoas velhas morrem, assim como a vó tinha morrido depois de intermináveis dias de cama e o vô, antes ainda, quando eles nem existiam, de cama também, velho também, longe demais porque velho e velho porque com certeza tinha feito antes todas as coisas que eles faziam agora. Era tipo uma lei não passada no papel, mas com a qual todo mundo estava de acordo. Eles tinham provas: já viram muitas mortes, muitos corpos, foram a muitos velórios, e nunca de gente nova. Cada vez que não morriam, aprendiam que não morreriam ainda e iam mais longe, testavam desafiadoramente os limites, mais e mais, porque era só isso que tinham para fazer, só isso com o que se preocupar. Até o momento em que Rui ficou doente para sempre e passou a desaparecer em hospitais: talvez fossem vulneráveis, mas também talvez não fosse nada e ele voltasse para casa saudável em pouco tempo e os três poderiam continuar aprontando as mesmas coisas e outras coisas mais. Durante as ausências de Rui, Maria e Germano davam conta de todas as travessuras que podiam, ainda mais agora que, de certa forma, ninguém ligava muito para eles. Mas isso até o momento em que Maria ouviu a palavra terminal e uma criança doente terminal acabava com tudo no que eles acreditavam. Era como se a liberdade, de repente, fosse um conceito que eles entendessem porque tinham acabado de perder, não eram tão livres assim.

– Eu descobri que o Rui vai morrer.

– Nada a ver.

– O meu pai falou pro teu pai e foi o médico que disse que o Rui é terminal. Daí eu pesquisei hoje na escola o que quer dizer.

– E quando ele vai morrer?

– Eu não sei quando, eles não falaram.

– Vai ver vai morrer também quando for velho e já que todo mundo morre então quer dizer que todo mundo é terminal, Maria.

– Acho que não.

– Eu acho que sim.

Ela sabia que ele também achava que não, mas era preciso muito silêncio para entender que, talvez, a morte não fosse apenas uma coisa destinada aos velhos, mas a todos eles em todos os momentos. Poderiam muito bem morrer também. Podiam muito bem já ter morrido, os dois, porque talvez, então, não era só doença que matava. As formas de morrer passaram a ser palpáveis e apanhar deixou de ser a pior realidade com a qual lidavam.

– Acho que é bom a gente se cuidar, então – disse Germano, quase lendo os pensamentos de Maria.

Talvez todas as vezes divertidíssimas em que ouviram dos pais que quase morreram ou em que não ouviram nada porque conseguiram esconder o que tinham feito ou, ainda, em que acreditaram mesmo que estavam morrendo, talvez todas essas vezes divertidíssimas só existiam porque a morte que conheciam era diferente. Agora eles tinham outra consciência e uma lista da qual se envergonhavam – mas que ainda os fazia sentir poder. Seria com a sorte que lidavam? Como naquela tarde em que, não importava a quantidade de advertências que já tivessem ouvido sobre a mistura, tomaram leite pouco tempo depois de se empanturrarem de melancia gelada, cortada em fatias generosas pela mãe de Rui e Maria. Devoraram a fruta à sombra da cortina de pinheiros que escondia a casa de quem passasse pela estrada, cuspiram as sementes com força, tentando acertar o rosto um do outro, e tinham acabado de jogar as cascas com marcas de mordidas na horta quando a tia saiu da parte de lá da casa e os chamou. Esperava os três com bolo e leite e acontece que, às vezes, o bolo pede o leite e são como um conjunto que se complementa e eles diziam de coisas que se complementavam que eram como bolo e leite. Não se deram conta do perigo nem quando comeram o último pedaço e beberam o último gole. Foi só na hora que Rui pediu mais leite, por favor, que eles perceberam que mais leite implicava já terem bebido leite. Depois de comer melancia. Se olharam apavorados, mas agora estava feito e não podiam nem contar, porque, se contassem, apanhariam. Já tinham sido avisados mil vezes de que, com leite, a melancia vira pedra no estômago, e pedra no estômago é morte na certa. Não sabiam quanto tempo ainda teriam, mas conversaram de canto e decidiram se preparar. Vestiram suas roupas de domingo porque morto sempre deve se apresentar bem-vestido no caixão. Rui e Germano com calções beges e camisas brancas e Maria com um vestidinho azul que tinha renda nos braços e nos babados da saia. Foram para o quarto da cama de mola, que já tinha sido da vó e onde a vó, aliás, morrera e, antes dela, também morreu o vô que nenhum dos três conheceu. Se deitaram um ao lado do outro de mãos dadas e esperaram a morte por horas, até que pegaram no sono. E nada, não morreram nem passaram mal e também nem apanharam, apenas sentiram um pavor enorme que, depois que passou, era um pavor engraçado. Assim como aquela outra vez em que talvez tivessem ido longe demais, quando ultrapassaram a cerca elétrica durante a tarde, no horário em que os bois e as vacas ficavam soltos no pasto, algo terminantemente proibido – queriam brincar no riacho que passava no fundo das terras. Não tinha boi nenhum à vista e, se fossem silenciosos o suficiente, não chamariam a atenção de nenhum boi, a área era grande e não era como se o boi fosse seguir eles do nada e de graça. Era um dia quente e verde, entraram no riacho, se esbaldaram na água que era sempre gelada, não importava a temperatura da vida e, quando cansaram, decidiram ir mais um pouco porque para lá nunca tinham ido e foi exatamente lá, em algum lugar depois do riacho, que os três viram o boi. Pararam e ouviram o barulho do próprio coração, sentiram o próprio coração e foi a primeira vez que perceberam que, de verdade, é possível sentir forte o coração mesmo quando a pessoa está parada. O boi riscou o pasto e olhou para os três e Maria gritou corre e todos deram meia-volta e correram, e correram tanto quanto nunca tinham corrido e correram rápido e forte e sentiam dor na lateral da barriga de tanto que corriam e no peito também de tanto que não davam conta de respirar e chegaram de novo ao riacho, atravessaram o riacho e Germano gritou que não olhassem para trás e continuassem correndo e não olharam para trás e continuaram correndo e correram de volta até a cerca. Deitaram no chão, rastejaram por baixo de toda a eletricidade e ficaram lá, jogados na terra, arfando, o coração agora pulando pela atividade exagerada, pulando da forma que reconheciam enquanto se levantavam e riam, caminhando de volta para casa, sem nem se perguntarem o que teria acontecido caso não conseguissem correr, caso um deles caísse, caso um deles ficasse para trás, caso nada porque nada tinha acontecido e, naquele tempo, ainda era assim que era, mas agora Germano e Maria se olhavam e concordavam que era hora de se cuidar.

A mãe abriu espaço enquanto o pai e o enfermeiro entravam apoiando Rui. Ele queria caminhar, mas estava fraco e precisava de ajuda. O moço olhou para Maria, que fitava ansiosa o irmão, e disse, gentil, que ele precisava apenas descansar um pouco e estaria pronto para algumas brincadeiras, mas nada de muita aventura, como fugir de bois. Maria arregalou os olhos para o enfermeiro, que lhe deu uma piscadela enquanto o irmão protestava com um ei, é segredo! Os pais se olharam e sorriram confidentes para o homem, que agora trazia uma maletinha com alguns medicamentos para Rui. Maria ficou levemente preocupada se os dois, especialmente a mãe, saberiam de todas as vezes em que eles se aventuraram nas áreas proibidas ou se estavam apenas entrando na brincadeira do enfermeiro, mas a preocupação passou quando se deu conta de que não fazia nenhuma diferença, que sem noção achar que isso faria diferença agora. Agora só o que fazia diferença era o fato de que Rui estava terminando e será que Rui teria consciência de que era terminal? Enquanto ela crescera tanto nesses últimos anos, parecia que o irmão reduzira pela metade. A pele parecia fina, assim como os braços e as pernas, e era surpreendente que ele ainda tentasse o esforço de ficar em pé sozinho, sendo ele próprio seu único apoio, mas essa fraqueza toda era algo que Maria só tinha como supor e o fato de ele não ter crescido muito podia não ter influência alguma em sua capacidade de se manter em pé, porque também queria dizer que ele era menos peso para sustentar. Sob os olhos, o irmão trazia grandes manchas roxas que evidenciavam ainda mais o ar terminal e Maria se sentiu envergonhada por reclamar que estava cansada, mas ela reclamava só por causa da mãe e nunca por causa do irmão e pelo irmão, nesses últimos dias, ela viraria acordada todas as noites, noite após noite, estava acabando. A mãe pegou o filho no colo e encheu-o de beijinhos e abraços, dizendo que ela e Maria iriam preparar uma festa maravilhosa para o aniversário deles.

— Eu vou fazer onze anos já!

— Sim! E Maria doze, eu já não tenho mais bebês, onde foram parar os meus bebês? — A mãe exagerava no drama e dava risadas enquanto fingia lamentar, mas Maria percebeu que a mãe mordia a parte interna dos lábios e seu peito se fez uma coisa tão pequena que, se pudesse, daria colo para a mãe, que segurava o filho terminal nos braços, e pensava nisso enquanto ela própria mordia a parte interna dos lábios. Disfarçou qualquer tristeza quando seus olhos encontraram os olhos do irmão, que ria divertido com o exagero da mãe. Rui foi cuidadosamente colocado e afofado na cama alta, no quarto impecável e completamente limpo, enquanto Maria ficava em um canto, esperando, tentando permanecer fora de qualquer trânsito para não ouvir um Maria, sai dos pés, dito de forma ríspida, porque sabia que era isso que sobraria para ela assim que entrasse em qualquer campo de visão que envolvesse em primeiro plano as atribulações com Rui. Mas, não.

— Matem a saudade, vocês dois. — Maria estava sem aquela máscara horrorosa quando a mãe falou e recebeu um sorrisinho de sim sim da mãe, que queria dizer que podiam se abraçar e respirar por alguns segundos o mesmo ar, e isso deixava ainda mais claro para Maria e, quem sabe, para o Rui também o fato de que ele era definitiva e irremediavelmente terminal. A mãe suavizava.

Se abraçaram e Maria ficou por ali, aquele silêncio que era sinônimo da volta para casa, silêncio íntimo, nunca desconfortável, nunca constrangido, nunca o tipo de silêncio que a pessoa tem vontade de estar em outro lugar, mas, dessa vez, durante esse silêncio de reconhecimento, tudo o que ela queria era estar do lado de lá da porta, porque ver o irmão assim, partilhar das mesmas rotinas de volta com ele, tudo isso fazia Maria sentir uma imensa vergonha do seu desejo mais íntimo e também incontrolável, que era o desejo de que ele morresse de vez. Depois de uns minutos, a porta abriu novamente e o enfermeiro entrou para se despedir de Rui. Os dois se abraçaram e trocaram um aperto de mão e o moço ainda ensinou Maria a fazer o cumprimento, antes de jogar mais um aceno e sair do quarto. Pela janela, viram a ambulância fazer o retorno em cima da grama e voltar pela estradinha de terra que a tinha trazido até a casa.

— Tu tá com dor?

— Agora não. Mas também eu já acostumei, então, se não for uma dor muito forte, eu nem me incomodo mais.

— Mas e se for uma dor muito forte?

— Daí eu choro, porque ainda não consigo não chorar, e rezo muito também.

— Que merda, Rui.

— É. — E Maria já nem sabia como repetir mais uma vez quão horrível era isso quando foi salva pela mãe chegando ao quarto.

— O pai tá terminando de tomar banho e depois eu vou preparar um lanche. Que tal?

Rui foi acompanhado até a cozinha, onde uma poltrona que era da sala o esperava para que ele ficasse mais confortável. Na mesa, a mãe colocou café e suco de laranja e tinha bolo de chocolate e bolinho de chuva ao mesmo tempo e nem estava chovendo, além de pipoca e pão com queijo e salame para o pai, que parecia faminto. Sentaram todos em volta da mesa, que a mãe colocou sozinha. A mãe cortou um pedaço de bolo para Maria, serviu suco, fez o café com leite que Rui pediu e sentou ao lado do filho para auxiliá-lo a comer, caso precisasse. Fazia tempo que ele não comia bolinhos de chuva e era a coisa de comer de que ele mais sentia falta nos dias de hospital.

— E também, mãe, esse é o melhor bolinho de chuva do mundo, com certeza.

— Eu estava com saudade de ti, meu anjo, se tu quiser eu faço bolinho de chuva todos os dias. A mãe faz até chover, se tu quiser comer bolinho de chuva como tem que ser, tu duvida?

Todos riram muito desse último comentário, inclusive Maria, mas ela via que a mãe não comia nada e mordia com força a parte interna dos lábios e via também o semblante cadavérico do pai, que acompanhou o filho nessas últimas semanas de internação, e via também o irmão, que já era outra pessoa que não aquela que se descobriu doente há anos, e ela sentia que não havia ninguém exatamente saudável ali e, mais ainda, que não havia ninguém e ponto, mal havia eles, mal havia ela e os tios e Germano na casa do lado e, às vezes, tudo o que havia era a casa que a muito custo também não perdia a sua força de lar, mas esta casa, ao menos, era lar antes deles, então nunca não haveria nada.

A casa não é só uma casa, mas também é uma história por causa das pessoas

Tijolo por tijolo, a casa foi feita pelo vô, a vó contava o tempo inteiro. Depois de adoecer e ficar de cama para nunca mais sair, a vó adicionou detalhes à história, como se a proximidade com a morte trouxesse uma ânsia de se livrar de todas as coisas da vida e deixá-las por aqui. Enquanto a vó morria, Maria descobriu que o vô era um homem diferente daquele de quem sempre ouvira falar porque, se a casa se erguia com suas marcas em todos os cantos e é preciso força e persistência para isso, para levantar uma casa que, na verdade, são duas e são iguais e impecáveis, já que a casa sempre pareceu muito impecável para Maria, também há que se ter um tanto a mais de uma força descomunal para manter os planos até o fim, custe o que custar. Quando começou a construir, o filho mais novo tinha acabado de nascer e o mais velho já existia há pouco mais de dois anos, e era assim que ia ser. Não teria mais filhos porque não teria como alimentar mais filhos e, pelo que sabia, filhos bastava querer, e todo mundo queria muitos para ajudar na lida da roça. Ele daria um jeito de sempre ter todo o trabalho feito, mesmo que só com dois. Dia após dia, enquanto a mulher cuidava da casa, das crianças, ajudava na roça, tirava o leite das vacas, ele fazia o que tinha de fazer para erguer a casa. Misturava argamassa, esquentava o barro, cortava a madeira, separava os tijolos e assim seguia. A vó contou que os dias entraram em uma espiral curiosa: ao mesmo tempo que o vô não os via passar, eles se tornaram intermináveis, como se estivessem sempre presos naquele um dia só, no dia em que o vô começou a casa. Uma manhã, mal tinha deitado, como sempre acontecia, o galo começou a cantar, como sempre acontecia. O vô levantou e saiu decidido do quarto. Foi até o galinheiro e torceu o pescoço do animal. Queria desesperadamente que o dia terminasse de vez, que o dia nem começasse, que, por uma noite apenas, a vida acontecesse em turnos separados, assim como acontecia antes, e ele pudesse então descansar. Durante alguns dias, ficaram sem galo no galinheiro e a vó não falou nada. Numa dessas noites, a mulher acordou com o choro do filho mais novo e encontrou o marido parado ao lado do berço, com o travesseiro na mão. Pediu que ele lhe alcançasse o bebê. O vô se virou e a vó contou que era como se não tivesse mais nada dentro da pessoa, como se ele estivesse esvaziado, parecia uma noite de lua minguante meio nublada. A vó repetiu o pedido e só então recebeu um olhar ansioso. O vô largou o travesseiro e saiu do quarto que dividia com a família. Só depois a vó percebeu. No dia seguinte, um galo foi trazido para o galinheiro.

Conforme a casa crescia, o vô definhava, como se transferisse de si a matéria para construir o lugar. Maria sempre soube quão custoso tinha sido para o vô construir a casa sozinho, porque essa era uma coisa que a vó sempre falava. Maria sempre se sentiu ligada ao vô, como se morasse um pouco dentro dele. Sempre que brincava de esconde-esconde com Rui e Germano, ganhava. Os meninos a acusavam de roubar na brincadeira, espiando quando era a sua vez de contar, mas a verdade é que Maria sempre ouvia com mais clareza os estalos que a casa dava e, por mais silenciosos que os dois fossem, por mais meias que usassem, ela sempre conseguia ouvir na casa o deslizar deles pelo chão. Sentia que tinha um pacto diferente com o lugar e, de certa forma, sentia que conhecia um pouco do vô definhado que nunca chegou a conhecer.

A casa, madeira por madeira e tijolo por tijolo, ia crescendo no seu ritmo, que era o ritmo do vô. A vó jurava que ele tinha feito tudo sozinho, mas Maria sempre teve suas dúvidas, apesar de decidir abandoná-las. Como pode um homem sozinho fazer um telhado, por exemplo? Subir tão alto assim carregando os materiais? Naquele dia em que a vó queria se livrar de tudo, ela contou mais sobre a história da casa para Maria. Disse que dez meses depois de começar a empreitada, quando à casa faltavam o revestimento e as aberturas e a tintura, que seria azul e branca, a vó estava parada na cozinha da casa velha, debruçada sobre o fogão a lenha cozinhando feijão, quando o vô entrou e finalmente viu e, quando a vó se virou para olhá-lo parado na porta, ela mesma viu que ele tinha, enfim, visto, e desatou a chorar porque o marido via com uma expressão transtornada. A vó, enquanto podia, sempre fora a pessoa mais doce e mais gentil do mundo com Maria, era uma que valia por duas, já que a outra vó não existia. Nos primeiros anos da neta, cuidou como se fosse sua e ninguém, nem mesmo a mãe, tirou isso dela, que chamava a neta de minha menina. Naquele dia em que o vô viu a vó com outro filho na barriga, perdeu a cabeça, que já estava meio perdida, e, afinal, as coisas não eram exatamente do jeito que ele imaginara. Filhos podiam vir do prazer, mas não vinham da vontade. Quando a vó contou isso para Maria, enquanto quase morria, disse que sentia, desde sempre, um perdão magoado pelo vô e Maria não entendeu direito. Se fosse com ela, pensava, se fosse com ela que isso se passasse, não importa em que lugar do mundo nem feito por quem, Maria sempre iria querer fazer algo de ruim de volta. A vó disse que ela dizia isso porque era nova demais para entender as pessoas, apesar de já entender as pessoas bastante bem.

Também naquele dia, o vô arrastou a vó para a estrebaria e a amarrou lá, com sogas nos pés e nas mãos, junto com as vacas, e foi lá que ela ficou, presa, durante dias e noites, abandonada e se sentindo abandonando os filhos pequenos, a casa, o trabalho na roça, as próprias vacas, os ovos no galinheiro, as folhas que caíam na grama, e a vida que estava dentro dela, que precisava dela e pela qual ela não podia fazer nada porque estava presa ali. Foram noites e dias ouvindo de longe o vô seguindo com a casa, ouvindo, às vezes, as crianças chorarem, sentindo fome e frio e sede e o próprio corpo, até que um dia, sabe-se lá quantos dias depois, Maria não tinha como saber e a vó usava a palavra todos para contar desses dias, então, depois de todos os dias, enquanto prendia as vacas depois do pasto, o vô viu que a vó sangrava, a soltou e a levou para casa, onde cuidou dela, deu banho, deu comida, fez compressa para espantar a febre e carinho em seus cabelos enquanto ela gritava de dor, e a vó disse isto a Maria, que perder um filho dói tanto quanto ter. O vô deixou a mulher repousar por todo o tempo que quisesse, até que ela própria saísse da cama e fosse seguir a vida. O casal nunca mais falou sobre o assunto, a vó nunca mais entrou na estrebaria para tirar leite das vacas, o vô nunca cobrou isso e a vida seguiu normalmente, mas agora eles sabiam melhor como nunca mais ter filhos e nunca mais tiveram, porque os planos eram uma casa feita duas, um filho para cada casa, eles amparados quando mais velhos e um futuro possível. A vó dizia que entendia, que percebeu que tudo aconteceu porque o vô sabia que não daria conta de construir mais nada quando terminasse esta casa e que esta casa era toda a força, a dignidade e a humanidade daquele homem. A história, quando a vó contou, fez com que Maria lamentasse ainda mais não ter conhecido o pai do seu pai e do seu tio.

**Às vezes a gente não quer tanto
uma coisa que chega a esquecer
as coisas que a gente quer**

Tinha uma jabuticabeira enorme no jardim de casa, verde bem escuro e ela toda bem escura porque, quando dava frutas, as frutas deixavam ainda mais pesada a cor da árvore, que era uma das maiores que eles já tinham visto, que só não era mais alta do que os pinheiros da beira da estrada, mas os pinheiros de beira de estrada eram muito finos, o que acabava tirando um pouco do efeito de toda aquela altura e fazia com que eles não fossem, nem de perto, tão majestosos quanto a árvore que os três tinham no jardim de casa e que era muito majestosa. Majestosa, aliás, era uma palavra ótima que a professora tinha ensinado para Maria quando ela estava na primeira série e queria escrever um poema sobre a jabuticabeira que tinha no jardim de casa. Depois disso, a árvore passou a se chamar Majestosa, embora Germano tenha reclamado por um tempo, mas ele podia reclamar o quanto quisesse, porque nome é nome e ninguém pode resolver um problema quando se trata de nome, a pessoa tem o nome que tem e fim de história, no máximo pode conseguir um apelido, mas isso só acontece se os outros se dispuserem a chamar a pessoa de outra coisa que não do seu nome, e não era o caso com a jabuticabeira, porque o caso com a jabuticabeira, para Maria, era apenas Germano fazendo caso mesmo. Brincavam muito em volta dela, os três. Rui escalava a árvore como se fosse um macaquinho e conseguia, sem problema algum, se agarrar no tronco e subir toda a distância que não tinha galhos para apoio dos pés. E ele não sabia explicar como fazia, apenas que fazia, como se fosse um dom natural muito merecido que ganhou junto com a vida e, às vezes, do nada, Maria pensava que o irmão era realmente muito abonado pela vida em detrimento dela desde sempre e que, se uma coisa ruim tivesse de acontecer em cada lugar, uma por vez, talvez ali nas terras e ali na casa, essa coisa ruim tenha acontecido com ele para restabelecer o equilíbrio: que fosse ele, e não ela, porque as coisas para ele tinham sempre sido mais fáceis. Que fosse ele e não a mãe, porque a mãe nem mãe tinha; que fosse ele e não o pai, porque o pai já é homem e dizem que para alguém se transformar em homem um monte de outras coisas tinham de acontecer antes, mas Maria não sabia muita coisa sobre o que pode ter acontecido com o pai, a não ser a história que a vó contou quando morria. O irmão passaria por isso e então seria ele também um baita homem, daqueles que conseguem resolver tudo e conquistar muitas coisas e ter ainda mais terras e ainda mais gado e também uma esposa muito gentil, assim como o pai tinha a mãe e o tio tinha a tia e Rui seria muito melhor do que eles fazendo filhos, quantos filhos o irmão teria, não conseguia nem imaginar, ela mesma se perguntava se um dia teria filhos, era preciso saber, era preciso estar preparada, era preciso ter algum conhecimento de causa para estar lá para todos. Então, talvez, o irmão sairia dessa de uma vez, esperaria um pouquinho, casaria e começaria a ter filhos e ela poderia continuar morando com ele e ajudando com as crianças, porque ela achava que provavelmente todas as mulheres precisam de ajuda com as suas crianças. Até mesmo a tia, que tinha um filho só, às vezes parecia não dar conta. Germano, aliás, aprendeu rapidinho a subir na árvore – não igual ao Rui, porque assim ninguém conseguia, mas Maria achava que não fazia diferença de que meios ele se utilizava para estar lá em cima, contanto que estivesse lá em cima. De qualquer forma, o primo não conseguia sem ajuda e, como Maria ajudava, ninguém estava lá para ajudá-la e ela ficava sempre no chão e sempre fazia um drama que era muito falso, porque, na verdade, nem com ajuda ela saberia como estar lá em cima. Eles empurravam um banco velho para perto da árvore e sobre o banco colocavam outro ainda mais capenga. Maria segurava com força enquanto o primo subia primeiro e, dali, tomava impulso para escalar o tronco cheio de frutinhas – ou sem frutinhas, já que eles não resumiam as brincadeiras apenas à primavera. Quando era época, Maria ficava no chão, com uma bacia, e recolhia o que eles jogavam. Às vezes, eles atiravam com força, tentando acertá-la de qualquer jeito só porque estavam em segurança, já que é muito mais fácil agredir alguém que não pode se defender, era assim que pais agiam, batiam quando queriam porque as crianças não têm como se defender, não por serem crianças, mas por serem filhos e, por isso, apesar de as coisas serem do jeito que eram e ponto, elas eram muito injustas. Quando as jabuticabas machucavam, Maria ficava furiosa e, por mais que não pudesse se defender na hora, podia se vingar depois. A temporada de disparos foi bem curta porque Maria os recebia no chão com beliscões profissionais, mas essa nem era a pior parte. O insuportável para os dois era ver a menina endiabrada virando toda a bacia cheia de jabuticabas gordas no chão e pisando em cima do máximo que conseguisse, desperdiçando não apenas frutas como também o trabalho deles, que, apesar de ser muito mais diversão do que trabalho, Maria sabia, também tinha para Rui e Germano um valor pelo baita empenho, e ninguém queria ver o próprio empenho jogado no lixo, então Maria foi alvejada com jabuticabas certeiras apenas algumas vezes e depois nunca mais, porque ninguém queria ela como consequência e ela gostava muito de pensar que majestosa também era ela, embora nunca pudesse dizer nada, porque, se eles se dessem conta disso, acabariam encrencando e, mesmo sendo nome, poderiam embirrar a ponto de precisar começar a chamar a árvore de outra coisa.

    Mas essa função toda era ótima, com as frutas e tudo o mais. Quando não era época, Maria sentia desespero em ficar lá, no chão, esquecida, como se fosse ela a peça menos importante daquele trio que formavam e que essa desimportância sempre viria à tona, se não com a incapacidade de subir nas árvores, com a incapacidade de se sentir tranquila e, se não agora, depois, quando crescessem, quando cada um seguisse sua vida, quando, quem sabe, Maria quisesse sair e ver outras coisas, não sabia direito o que e, fora da época de frutas, sempre tentava organizar a programação de brincadeiras para que elas não chegassem nem perto da árvore porque sentia uma tristeza muito grande em ser esquecida. Meio dissimulada, manipulava Rui e Germano, emendando uma brincadeira na outra sem intervalos, sempre se antecipando para sugerir a próxima, sem permitir que um dos dois tivesse alguma ideia, porque a ideia poderia levar à árvore. Dava trabalho ficar observando o tempo inteiro e tentando o tempo inteiro entender o que eles poderiam querer e, às vezes, ela percebia que acabava esquecendo dela própria: de tanto que não queria a árvore, nem sabia o que, exatamente, queria.

Mulheres sempre recebem,
mas receber também é se doar

Depois das três da tarde, quando a casa já estava limpa, a louça lavada, as bolachas ou o bolo assados, o quintal já fora varrido, a roupa ainda balançava no varal, o leite já tinha sido tirado uma vez e, em algumas horas, seria tirado outra vez, os ovos já tinham sido recolhidos e as galinhas alimentadas, nesse espaço de tempo em que todas as coisas já tinham sido feitas e logo antes de todas as coisas precisarem ser feitas mais uma vez, a roupa a ser recolhida, o leite a ser ordenhado, a janta a ser preparada, as crianças a serem mandadas para o banho e para os temas de casa e todas as outras atividades que porventura interrompessem a rotina e exigissem atenção, uma vaca em trabalho de parto ou uma criança machucada ou um marido muito bêbado ou uma morte de velho, entre tudo isso, nessas breves horas do meio de uma tarde, as mulheres se reuniam. Desde pequena, quando olhava para a mãe e para a tia, Maria tinha a impressão de que assim que se começa a fazer coisas que têm de ser feitas na vida, uma pessoa não para mais e a tia nunca parava e a mãe nunca parava e nem o pai e nem o tio paravam e ninguém mais parava para um pouco de nada, a não ser nessa hora, às três da tarde, nesse momento de espaço compartilhado entre todas as casas da comunidade, em todas as propriedades, em todas as rotinas que eram diferentes, mas também eram as mesmas, a mesma janela aberta para todas as mesmas paisagens, então, às três da tarde, por um momento, para as mulheres tudo deixava de acontecer e começavam as visitas – os homens tinham a bodega, tinham a cachaça no armazém quando iam para a cooperativa comprar fertilizantes ou saber qual era a cotação da soja e do trigo, tinham o papo furado com outros homens cujos problemas eram sempre práticos demais. As mulheres tinham umas às outras e o chimarrão e as casas umas das outras, então, por isso, às três da tarde começavam as visitas. Maria gostava muito de receber visitas, gostava muito mais do que quando tinha de ir, porque ir causava certo estranhamento, um despertencimento, e ela se perguntava o tempo inteiro em que lugar estava e, mesmo que soubesse direitinho, não se sentia estando nesse lugar, e essa falta de conexão trazia um desamparo, como se sua existência estivesse diretamente atrelada à casa em que nascera, às árvores em frente ao pátio, que traziam uma sombra e eram tão bonitas, à grama bem-cuidada na qual era possível brincar sem incômodo com o sol, mesmo que fossem duas horas da tarde, e ali também tinha o cheiro de grama e água e terra e bosta de animais e da cozinha, tudo junto, tudo muito específico e tudo muito confortável, um cheiro que não causava nojo porque não causava estranhamento e a casa dos outros podia até ser um lugar de descobertas, mas ainda era a casa dos outros, um terreno no qual as regras não eram conhecidas e a liberdade não era verdadeira. E também não conseguia imaginar que existisse muita coisa interessante por lá, coisas a mais do que na sua casa, e a sua casa ainda tinha uma história que ela respeitava, ares que ela conhecia, hábitos que ela seguia e também em casa era ela quem mandava porque as vizinhas traziam os filhos e eles três gostavam mesmo era de ser os chefes das brincadeiras. Então às três da tarde as cadeiras eram colocadas na área, a mãe e a tia recebiam as mulheres que chegavam uma por uma. O dia era dia de sol porque sair de casa com chuva era muito sujo e trabalhoso e, dia obrigatoriamente de sol, com as árvores balançando e o vento fresco da tarde de interior, a roda se formava na grama em frente à área da casa, onde todas as cadeiras esperavam a primeira a chegar, e a partir da primeira já começava a se passar a cuia com chimarrão. Por volta das quatro, a tia trazia as bolachas e a mãe trazia o bolo, ou vice-versa e, além da cuia, passavam o prato com a comida. Traziam um banquinho de madeira, o pai de Maria tinha feito porque a mãe pedira. Não era pequeno como os outros, mas tinha as pernas um pouco mais altas e o que seria o assento era um pouco maior: fora feito especialmente para que os pratos fossem colocados em cima. Aquilo era, na verdade, uma mesinha um pouco menor, mas podia também ser um pouco de cada uma das coisas que virava outra coisa. Às crianças, além da comida, traziam suco, daqueles feitos de pó, bem colorido e doce, que todos adoravam e esperavam salivando. As mulheres falavam sobre tudo que pudessem falar, porque talvez nem tudo sobre o que quisessem falar fosse permitido. Reclamavam de filhos, mas não de tê-los, reclamavam do marido, mas não de terem casado, reclamavam do trabalho duro, mas não da vida. Falavam umas das outras, das filhas das outras, das mães das outras, no limite em que a outra não se transformasse nelas próprias – todas eram iguais e todas eram diferentes e falavam disso e das receitas de bolos e sobremesas e da melhor maneira de preparar a galinha e o porco e dos ladrões que invadiam o porão de madrugada e roubavam todo o queijo e o salame produzidos para serem vendidos ou consumidos e de como era importante estar atenta ao cadeado bem-fechado e falavam da vaca que estava dando menos litros de leite e as tetas em carne viva porque, mesmo assim, era muito leite.

— Só sendo mulher para saber que não há animal pior para se ser do que uma vaca — comentava uma, e todas riam e diziam Deus me livre e faziam o sinal da cruz e era essa a forma de elas conversarem sobre tudo, de uma maneira que sempre parecia leve demais e só mais tarde Maria foi entender o porquê de as vacas sempre darem leite e o porquê de as mulheres terem pavor de imaginar essa realidade.

Maria sempre ficava parada no canto da área quando as mulheres começavam a chegar. A mãe chamava para que fosse cumprimentar as visitas e logo vinha Germano no encalço e também vinha o irmão logo atrás. Uma por uma, todas as crianças eram beijadas antes de serem devolvidas para sua rotina de brincadeiras. Durante muito tempo, alguns minutos, os três ficavam parados em um canto da área brincando sem realmente brincar, porque esperavam também. Às vezes davam sorte, às vezes não e ficavam sem mais crianças para correr por aí. Certas tardes, Maria abria mão das brincadeiras para ficar entre as mulheres, ouvindo suas conversas. Na primeira vez que isso aconteceu, ela tomou uma decisão para a vida. De noite, enquanto a mãe arrumava a janta, Maria, bem novinha, com uns cinco ou seis anos, chegou perto da sua barriga na pia. Sofria, mas trazia certezas.

— Quando eu crescer, eu não vou ter filhos.

— E por que não?
— Eu não gosto de ter que falar só de crianças. — A mãe sorriu.
— Nada que as mulheres, com o tempo, não aprendam a esquecer.
— As crianças?
— Não, de falar do que gostam. Das crianças a gente nunca esquece.

A mãe estava nervosa no dia seguinte à chegada do irmão porque todo mundo sabia que o menino doente deles tinha, enfim, voltado. Ela e a tia conversaram muito sobre o assunto, na sala de casa, como se Rui, Maria e Germano, que tinha se juntado aos dois, não fossem capazes de ouvir nada do quarto do menino.
— Ninguém vai ser rude — dizia a tia.
— Comigo, tudo bem, mas e se fizerem perguntas demais pra ele e deixarem o menino mais cansado?
Rui olhou para Maria e deu um sorrisinho. Queria que a irmã fosse avisar à mãe que ele estava pronto para responder a qualquer tipo de pergunta e que ninguém precisava se preocupar, as pessoas podiam ser curiosas sobre como é um hospital que ele responderia. Quando deu o recado para a mãe, ela encheu os olhos de lágrimas, era isso que fazia o tempo inteiro agora, chorar ou morder a parte interna dos lábios para não chorar, não parava nunca, e Maria, de novo, sentiu o misto de constrangimento e felicidade pela dor da mãe e depois sentiu muita culpa também e voltou para o quarto onde Rui e Germano estavam deitados na cama alta, cada um com a cabeça nos pés do outro.

As cadeiras já estavam colocadas na área, tanto na parte de lá quanto na parte de cá da casa, reunidas em espera porque, em breve, seriam transportadas para o pátio, na grama, sob a sombra das árvores. Depois do almoço, a mãe assou um bolo e a tia assou outro bolo, então este seria um dia em que apenas bolos seriam servidos, sem bolachas, e Maria achou sem graça porque fazia tempo que não tinha as bolachas de manteiga em casa e ela gostava muito de bolacha de manteiga – gostava de bolo também, mas hoje queria bolacha, que bolo tinha sempre porque a tia sempre fazia. Bem, ao menos hoje também tinha o bolo da mãe, que era muito bom e era diferente do da tia, e, de qualquer forma, ela pensava que deveria poder comer sempre o bolo da mãe porque a mãe é que era a sua mãe, e não a tia, e ela gostava muito da comida da tia também, mas isso não fazia diferença.

Maria estava arrumada – o que escapava da rotina das visitas que aconteciam antes de o irmão voltar para casa, quando qualquer tarde era apenas uma a mais e não havia necessidade de cerimônia. Agora as coisas mudaram e todos os dias eram, sim, um dia a mais, não do mesmo jeito, mas, pensando em soma, cada dia um novo milagre. Era um dia solene, tipo missa, quem vinha, vinha para saber como estava Rui e como estava a mãe e como a vida se desdobraria nos próximos dias. A mãe estava nervosa, o que era muito irritante porque não era como se as vizinhas fossem roubar Rui e sair correndo ou machucar o irmão ou qualquer coisa parecida – nem sujar a casa, elas nem iriam entrar na casa. Por mais que a mãe tivesse relaxado com relação às máscaras e, desde o dia anterior, parado de fazer Maria limpar como se a vida fosse um eterno deixar o cenário arrumado para a inspeção do padre, mesmo que ainda estivesse maníaca pela limpeza, e Maria via que o menor detalhe fora do lugar, a menor partícula de pó, já a deixava meio perdida – agora que não limpava mais, Maria sentia um prazer maldoso na sujeira natural do ambiente. Durante as últimas duas semanas, ninguém tinha aparecido para visitar, mas isso era comum desde que o irmão tinha adoecido – havia épocas em que a casa quase não recebia ninguém. A mãe não saía, a não ser para ir ao hospital com o pai. A tia seguiu o protocolo de visitas, mas ela não tinha um filho que era terminal. Ela sempre levava Germano e Maria consigo, deixando a mãe sozinha na casa, e Maria não gostava da ideia de deixar a mãe muito tempo sozinha porque ela poderia ficar ainda pior e Maria tinha muito medo de que a mãe ficasse ainda mais triste. As visitas começaram a chegar pontualmente às três da tarde e, quando eram três e quinze, as cadeiras já estavam dispostas em um círculo no pátio, com duas cuias de chimarrão passando, porque uma só não dava conta de tantas mulheres. Eram umas dez mulheres e Maria achava essa coisa de duas cuias de chimarrão estranha, porque parecia impossível respeitar a roda quando uma cuia vinha de um lado e depois outra cuia vinha de outro lado e assim tinha gente que acabava de tomar uma cuia e já estava recebendo a outra cuia e Maria achou interessante que não rolasse nenhuma dor de cabeça por causa disso, porque sabia que, se fosse na roda das crianças, a justiça da roda das cuias seria pano para desentendimentos, mas na roda das crianças nunca tinha chimarrão e também as crianças nunca ficavam em roda, menos hoje. Hoje todas as crianças estavam em roda também porque a mãe e a tia tinham trazido o Rui para fora, era bom que pegasse um pouco de sol e um pouco de ar fresco e um pouco dos amigos que estavam ali para vê-lo, e Maria tinha certeza também, assim como ouviu a certeza da mãe, de que todas as pessoas estavam ali hoje por causa de Rui, para vê-lo e entender como ele estava e o quanto do que era dito de casa em casa pela comunidade se confirmava. Devia ser muito desagradável para o irmão, porque as pessoas não disfarçavam muito a sua curiosidade em torno dele, menos ainda as crianças, e Germano e Maria sentiram necessidade de montar guarda e ficar um de cada lado de Rui, como se pudessem barrar qualquer coisa de chegar até ele, o que era impossível, eles eram duas crianças que não tinham meios de controlar outras crianças e Rui dava risada da postura da irmã e do primo e dizia que agora precisava mesmo de guarda-costas para o pátio. Maria ficava realmente chocada com o quanto o irmão parecia um adulto e as piadinhas que fazia eram uma prova disso: apenas adultos fazem piadas desnecessárias em momentos desconfortáveis, e o que fazia a irmã achar Rui ainda mais evoluído do que todos eles era que adultos geralmente fazem essas piadas para deixarem de se sentir mal com uma situação desagradável, mas o irmão fazia porque queria que os outros deixassem de se sentir mal com a situação. A doença ininterrupta durante anos tinha deixado Rui mais inteligente e melhor do que todos eles, e Maria se perguntava como seria a vida ao lado de uma pessoa assim, embora isso não fosse possível porque ela não teria tempo de descobrir e, se não fosse para o irmão morrer, ele não teria passado por tudo isso e daí provavelmente ainda seria apenas uma criança normal.

 Estavam os três e mais quatro filhos de vizinhas, todos mais ou menos da mesma idade, sentados no cobertor leve que tinha sido colocado no chão. Jogavam cartas, tinham escolhido bisca em solidariedade a Maria, porque embora todos quisessem jogar canastra, ela nunca fora capaz de entender o que se fazia com aquelas cartas ou como o jogo funcionava, e, já que ela sempre era a cabeça da brincadeira, a bisca foi dada como uma ótima opção e, como eram em muitos, jogavam com dois baralhos para que cada rodada não fosse rápida demais. Maria começou o jogo com um dois de copas, um quatro de copas e outro quatro de paus. Ou seja, tudo sem valor nenhum e quase as cartas de maior valor: o um de qualquer naipe valia onze pontos e o três era a segunda mais alta, valia dez. Estava entre os maiores pontos do baralho, mas pegou as cartas sem pontuação nenhuma e quase gritou que aquela merda não tinha sido embaralhada direito, mas seria xingada pela tia provavelmente por causa do palavrão e faria o irmão se sentir mal porque foi ele quem deu as cartas. Então se entregou ao jogo sem ambições, já sabia que não ia muito longe e também não fazia diferença, ganhar a partida não era sua maior função, e ela sabia disso desde mais cedo, enquanto orgulhosamente ajudava a mãe a organizar o cobertor e as almofadas na grama, arrumação que tinha sido ideia sua, aliás, porque a mãe, que estava ansiosa com tudo, estava ansiosa também para que as crianças não corressem e ficassem brincando com Rui.

– Vou confiar em ti pra ficar de olho em tudo por aqui, tá? Eu cuido da parte de lá, com as mulheres falando que nem papagaio, e tu cuida da parte de cá.

– As crianças também falam que nem papagaio, me irrita às vezes, e falam uma mais alto do que a outra, e daí já estão berrando. As mulheres ao menos não berram.

– Verdade, elas só falam bem alto, mas não se preocupa, em alguns anos é tu quem vai ter que receber e daí aposto que vai sentir saudade de cuidar da roda das crianças.

— Mas eu gosto, sabe? Quando vem visita...

— É? Que bom, então, porque sempre tem muita visita, né.

— Às vezes tem visita demais.

— Shh, isso tem que falar baixinho se não vão achar que a gente tá mandando visita embora!

— Tu ia gostar se elas fossem logo embora ou se elas nem viessem?

— A gente lida com o que a gente tem. — E a mãe deu um sorriso e um beijo em Maria e na hora ela não soube definir exatamente qual era o sentimento, mas mais tarde a palavra veio e daí ela se sentiu triste por estar em sua própria pele, mas o que tinha sentido era gratidão, e o sentimento foi tão forte que nem conseguiu dar a devida atenção para a frase da mãe, aquele conformismo dito em voz alta, a gente lida com o que a gente tem, e nem pensou em como ela mesma se agarrava naquela frase todos os dias e como poderia usá-la para eximir um pouco a culpa dos seus desejos mais horríveis e de como tudo o que mais queria era algo que também não queria, mas era o que ela tinha para querer, e essa frase poderia suavizar um pouco o horror que era o fato de que o irmão ia morrer e, apenas por isso, o fato de que ela queria que ele morresse de vez.

Enquanto jogavam bisca, todas as crianças em uma roda ao lado da roda das cadeiras das mulheres, Maria foi incumbida de assumir os cuidados pelo irmão, de calar qualquer boca que não soubesse se comportar e de fazer tudo seguir naturalmente, o que não era fácil, pois era um naturalmente forçado e o natural era que alguém perguntasse o tempo todo como era estar doente assim ou o que acontece no hospital ou tu já viu alguma criança morrer? Vez ou outra Maria olhava para a mãe e a mãe estava sempre olhando também, e Maria se surpreendeu que, em todas as vezes que ela olhou para a mãe, a mãe lhe deu uma piscadinha porque estava olhando diretamente para ela.

    Perdeu três partidas seguidas e estava fazendo um esforço muito grande para não prestar atenção nisso e focar no fato de que hoje era um dia diferente e especial, um dia verde iluminado, e que o que ela fazia ali era muito mais do que jogar um jogo, mas se irritou ainda mais na terceira vez. Perder uma e duas vezes, tudo bem, mas haja paciência para perder uma terceira vez, e não conseguiu disfarçar o sentimento do olhar do irmão, que baixou as próprias cartas e disse que não queria mais jogar. Maria ficou constrangida porque agora essa superioridade que o irmão adquiriu porque estava doente e sofria muito era jogada na sua cara da forma mais simples e elegante possível – ela estava sendo mesquinha. Por sua própria culpa, agora teria de sugerir alguma brincadeira que todos pudessem brincar de onde estavam, sentados em círculo um ao lado do outro. No momento, ela não se importava com nenhuma das outras crianças, mas também queria mantê-las atraídas para aquele pedaço muito específico de chão ocupado por um cobertor, um menino quase morrendo, ela, Germano e mais dois meninos e duas meninas. Dois deles, aliás, os dois meninos, eram irmãos também e Maria se perguntava como será que se sentiriam se um deles estivesse em seu lugar e será que alguém pensava como deveria ser estranho e triste estar em seu lugar e, mais ainda, será que algum deles, eventualmente, já tinha pensado como seria estar no lugar de Rui? Ela e Germano e certamente Rui se perdiam sempre nesses pensamentos, não falavam sobre isso, mas passaram a ter uma consciência assustadora da morte porque ela, a morte, era próxima demais, os outros não eram obrigados a pensar nesses assuntos. Olhou para as crianças enquanto baixavam as cartas e perguntavam o que fariam agora e sentiu inveja, mas não teve muito tempo para remoer isso porque não podia deixar que decidissem brincar de algo que envolvesse corrida ou subir em árvores, por exemplo. O irmão se sentiria mal, quer dizer, ela achava que ele se sentiria mal, mas não tinha como saber, já não tinha mais muito poder para antecipar as reações de Rui a coisa nenhuma, elas eram sempre mais tranquilas ou maduras porque ele estava doente e as pessoas doentes adquirem uma sabedoria maior e ela se perguntou, de repente, se sabedoria é algo que vem em cota para cada pessoa durante a vida, como se nascessem com uma quantia de sabedoria já designada, tu vai saber tudo isso e deu, e, se fosse assim, quando a pessoa adoecia, toda a sabedoria que ainda faltava e que viria aos poucos, ano por ano, vinha tudo de uma vez só, atropelando o tempo, porque o importante era cumprir a meta e por isso o irmão era tão sábio agora que era terminal. Na verdade, isso não fazia sentido algum, muitas pessoas morrem de acidentes, e não tem como alguém prever um acidente e organizar para que a pessoa fique muito sábia antes de ser atropelada ou de receber uma descarga elétrica. A não ser que deus existisse, mas, se isso acontecesse, aí não existiriam acidentes nem crianças como Rui, então tudo era uma grande besteira, e certamente o que fazia uma pessoa ficar tão sábia assim era todo o sofrimento acumulado e isso, a quantidade de sofrimento do irmão, ela tinha certeza de que nunca teria como saber, assim como a maneira como ele agiria se as crianças simplesmente saíssem correndo deixando-o para trás.

— Vamos decidir. Maria, o que vamos fazer agora? — perguntou um dos irmãos.

— Eu não sei, não tenho mais ideias.

— Vamos brincar de esconde-esconde. — Quem sugeriu foi a Aline, a vizinha de mais pertinho deles e que era um pouco mais nova do que todos. As crianças se olharam e o outro dos irmãos deu um cutucão nela. Então eles tinham vindo preparados. Maria olhou para o irmão e viu ele dando de ombros, dizendo é uma boa, vão vocês, eu estou cansado, e se deitando estendido na coberta.

— Eu fico contigo — disse Maria, e Germano disse eu também, mas não que precisasse, porque ninguém se mexeu para sair daquele pedaço de chão e ir correr e se esconder pela propriedade e, por um tempo, ficaram todos num silêncio pesado e constrangedor, o que era outra coisa que Maria achava que só podia acontecer se adultos estivessem envolvidos e com vontade de sair correndo.

Só que o silêncio constrangedor permaneceu e, de repente, se tornou maior do que eles próprios, o tipo de silêncio que Maria estranhou antes de se constranger porque, em dois segundos, percebeu que tudo estava quieto. As mulheres, por mais que hoje falassem mais baixo do que em todos os outros dias, o que fazia bastante sentido, já que as pessoas encaram silêncio como uma forma de respeito, e hoje, mais do que nunca, as mulheres que vieram, apesar de toda a curiosidade, também queriam mostrar que respeitavam e se solidarizavam e também que estavam disponíveis para qualquer coisa de que a mãe precisasse, qualquer coisa mesmo, uma delas, inclusive, se ofereceu para ajudar com as vacas, mas Maria achou que a tia ficou ofendida porque ouviu ela respondendo, ríspida, que conseguia dar conta de tudo e ajudar a cunhada, as crianças já se viravam quase sozinhas, então as mulheres também podiam ser percebidas como quietas. A tensão tinha acontecido um pouco antes, quando todas ainda falavam com essas vozes mais baixas do que o normal, e agora o silêncio constrangedor da roda das crianças, que Maria sabia que só aconteceu porque ela quis pagar para ver e ser uma pessoa ruim, se estendia até a roda de lá.

Maria se virou para ver a mãe olhando para a frente na direção da estradinha, com uma cara que parecia misturar a falta completa de sentimentos com uma fúria infinita e era, na verdade, a cara que ela fazia nos momentos em que estava louca, e todas as outras mulheres se olhavam discretamente e fitavam o chão e se olhavam mais uma vez, olhares que se encontravam de lado e saídos do chão, atravessados, tímidos, mas que se buscavam no silêncio. Maria estranhou e olhou ela também para a estradinha e lembrou na hora da mulher que acabava de chegar, porque ela já tinha vindo uma vez até a casa, logo antes de Rui ficar doente, e lá vinha ela andando daquele jeito estranho que era causado, provavelmente, porque seu corpo ocupava todo o espaço que Maria já tinha visto um corpo ocupar e devia ser difícil equilibrar tanto corpo em pernas tão curtinhas, e mesmo se as pernas fossem as maiores pernas do mundo, ainda assim seria difícil equilibrar todo aquele corpo que seguia a cintura acima daquelas pernas, e ela vinha vindo na rapidez que podia, com não muito menos dificuldade do que naquele dia em que chovia tanto, e naquele dia em que chovia tanto Maria achou que a dificuldade de andar fosse mais pela chuva do que pelo corpo, mas hoje via que não. Tinha sol e tinha um dia lindo e uma estrada seca à frente e os passos eram difíceis também, e Maria pensou que preferia não ficar tão velha se fosse para ficar tão gorda, porque provavelmente ela não poderia mais fazer um monte de coisas já que, pelo visto, até andar era difícil, e a mulher chegava cheia de dificuldades, com um sorriso que era um sorriso intrigante, porque quando alguém chega a um lugar onde todo mundo olha do jeito que a mãe olhava ou que as mulheres olhavam, quando é assim que se é recebido, no mínimo a pessoa chega sentindo o clima. Não ela, ela tinha todo o sorriso no rosto e um tipo de sorriso que parece que nunca acaba. As crianças já não estavam num silêncio constrangedor, apenas em silêncio, naquele calar tenso em que todos imergiram e que só não atingia as vacas mugindo e os porcos grunhindo e os pássaros cantando porque eles são maiores do que todas essas coisas, mas as crianças não, talvez, quem sabe, eles já não fossem mais tão crianças assim, ela tinha certeza de que ela não era e tinha certeza de que Rui também não e entre eles três Germano era o mais criança, mas também não era tão criança assim, porque viviam no mesmo lugar. Maria e Germano puxaram Rui cada um por um braço e ele voltou a ficar sentado e observava também o que acontecia, porque eles também reconheceram a mulher da história que Maria contou sobre a visita numa tarde aleatória e de como todos concordavam que a mãe tinha começado a ficar louca assim bem naquela tarde em que chovia.

Por que será que a gente não pode controlar todas as coisas e muito menos todas as pessoas?

Maria não fazia ideia de quem era a senhora que chegou com um guarda-chuva, bateu na porta do lado de cá e ficou esperando. Era alta e gorda, a figura mais gorda que Maria já tinha visto, e vinha estranha se balançando pela estrada de terra que dava na casa. Carregava, sim, um guarda-chuva, mas a única coisa que o objeto protegia era a cabeça. Quanto será que precisava comer para ficar gorda assim, e será que não dava trabalho carregar aquele peso todo de um lado para o outro? Se bem que a mulher já vinha velha e as pessoas mais gordas que Maria lembrava de ter conhecido eram velhas, então pode ser que aquela mulher fosse ainda mais velha do que os velhos todos que Maria conheceu na vida, porque vai ver a gordura fosse acúmulo de comida da vida inteira, por isso era fácil ficar gorda assim, principalmente se tu for mulher, como eram a senhora e a Maria, porque mulheres geralmente ficavam mais gordas do que homens, o que queria dizer, então, que viviam mais, o que fazia muito sentido porque olha só a vó, tinha morrido não fazia tanto tempo, mas o vô, por outro lado, eles nunca chegaram a conhecer e a vó também era gorda antes de ser doente. A mulher ainda vinha na estradinha quando

Maria desgrudou da janela e correu para chamar a mãe, que estava na cozinha preparando bolinhos de chuva para todos, e Maria adorava muito os bolinhos de chuva que a mãe fazia, todos gostavam, a tia nunca fazia porque essa era a especialidade da mãe, e será que, ao longo da vida, quantos bolinhos de chuva ela comeria e quanto eles contribuiriam para ela ficar do tamanho daquela senhora? Avisou que vinha vindo uma mulher bem gorda e a mãe disse que Maria não deveria falar assim. A mãe limpou a mão na toalha, a porta fez barulho e ela foi abrir com Maria presa na saia. Viu a mãe ficar surpresa e olhar para a mulher, dizendo que entrasse, por favor, vou pegar uma toalha para a senhora. Ela tirou as botinas sujas de barro, esperou a toalha, se secou e entrou. A mãe disse que estava preparando uns bolinhos de chuva e se virou com um sorriso para Maria:

— Cumprimente quem te ajudou a vir ao mundo, filha.

Maria ficou muito intimidada porque ainda não entendia como alguém pode ajudar outro alguém a vir ao mundo, ainda mais alguém tão velha e também tão gorda. A mulher olhou para Maria e beijou a bochecha dela, depois ergueu uma mão enorme, tão rechonchuda quanto ela inteira e tão cheia de anéis que parecia ser feita de ouro e não de carne, pousando-a no ombro da mãe.

— Venha, querida, me leve a um lugar onde possamos conversar nós duas. — A menina foi mandada para a parte de lá da casa, onde Germano e Rui brincavam com um quebra-cabeça da Mônica e Sua Turma. Parou no meio do caminho e ficou sentada na área, gostava de olhar a chuva e, apesar de não poder brincar, já tinha tomado banho, ela gostava muito da chuva. Estava quente e ela pensou que poderia aproveitar a oportunidade de ter visita na casa para o caso de a mãe ficar braba – no máximo ela ia prometer uma tunda de laço para mais tarde, mas nada se faz na frente de visitas e valia a pena o risco, estava bom demais o dia, as árvores que separavam a casa da estrada principal balançando levemente com o vento, o céu de um cinza que era meio alaranjado, a chuva geladinha. Tirou a roupa e foi para baixo da água. Estava se jogando em uma poça quando ouviu a porta abrir e a senhora sair de lá com uma cara muito ruim e viu a mãe, parada à porta, com uma cara ainda pior. A velha calçou as botas, pegou o guarda-chuva, abraçou Maria, mesmo molhada, sem se importar em nada com isso, e talvez ela fosse um tipo diferente de pessoa adulta ou talvez os velhos todos ficassem mais gentis do que os meio velhos, e Maria abraçou de volta a quantidade de corpo que alcançava da senhora.

– Fique com isso, sim? Guarde bem guardado nas suas coisas mais queridas, sim? – A gorda estendeu um arame dourado bem fino e entregou para Maria, que não entendeu muita coisa, e não entender muita coisa quer dizer que não entendeu nada, mas disse que sim e correu para a área a tempo de parar em frente à porta da parte de cá da casa e ouvir a mãe gritando, chorando e atirando a bacia onde estava fazendo a massa dos bolinhos de chuva direto no chão, sujando a cozinha inteira. Maria entrou pingando pela casa e guardou o fio de metal dentro de uma caixinha que tinha sido da vó.

– Boa tarde, minhas queridas. – O sorriso era um sorriso muito muito bonito, envolvido por um tanto de pele e bochechas descomunais e nada a ver com o tipo de sorriso que se espera de alguém que volta a um lugar de onde saiu deixando um rastro de berros e lágrimas e massa de bolinhos de chuva no chão. Era um sorriso iluminado e não amarelo, e Maria pensou que a cor para aquele sorriso era um tom de violeta bem clarinho e pura luz enquanto olhava para todos os detalhes da mulher incrivelmente gorda e incrivelmente bonita. Talvez as pessoas precisassem de um tempo até se decidir sobre a aparência dela, porque as pessoas sempre se decidem sobre a aparência de alguém, mas Maria achava que, depois que se decide, a sua decisão é muito gritante e até óbvia e a pessoa deve se perguntar como, desde o início, não pensou que mulher linda, porque ela era muito linda. E poderosa. Todas as mulheres que até então olhavam para baixo e olhavam umas para as outras e diziam um oi tímido não resistiram muito tempo até retribuírem o sorriso e dizerem, cheias de vontade, boa tarde, senhora, e como vai a senhora e que bom ver a senhora. Maria achou que essa recepção fez a voz das mulheres subir um pouquinho e ficar o mais próximo do que costumava ser, mas será que todo mundo sabia daquela vez que a mãe tinha quase expulsado a senhora da casa? A tia estava sem saber o que fazer, disse oi, mas ficou um segundo parada, queria agir, mas olhava para a cunhada, tinha de fazer alguma coisa, mas também tinha de cuidar da cunhada que estava transtornada, mas não podia deixar a ilustre visita em pé, mas e a cunhada, e Maria via tudo isso acontecendo nas mãos e no rosto da tia, principalmente nas mãos, que se apertavam e não paravam de mexer uma na outra, até que se decidiu. Ela tinha, sim, de cuidar da cunhada, mas ela não era a cunhada e não tinha sentimentos conflitantes pela parteira.

– Senta, senta aqui, pode sentar, eu vou pegar outra cadeira.

– É uma gentileza, querida, você sempre foi muito gentil, que sorte tem sua mãe e seu filho também.

– Ora, não é nada demais. – A tia foi como que brilhando pegar uma cadeira dentro da casa, enquanto a mulher, que Maria sabia que havia feito o seu parto e o do irmão e o de Germano e, provavelmente, o de todos os outros quatro que estavam sentados no chão sobre o cobertor, se dirigia até eles todos antes de se sentar no lugar liberado pela tia, exatamente ao lado da mãe, que ainda não tinha se mexido e também não tentava disfarçar mais nada em frente às vizinhas, e Maria se perguntou se a mãe, também de tão cansada e sofrida, percorria uma espécie de caminho contrário ao do Rui e virava mais criança, a ponto de já nem se importar em ser rude diante das visitas.

– Ora, olá, vocês todos, que bom ver de novo todas essas carinhas. Eu lembro de cada um de vocês, vejam bem. – E Maria sabia que ultimamente sentia que tudo girava em torno de Rui e, de uma forma muito estranha, girava em torno dela também, mas ela jurava muito juradinho que, na maior parte do tempo, a parteira olhou para ela e para Rui, e só para ela e para Rui, não para Germano ou para os outros, apenas para os dois. Provavelmente devia ter a ver com o dia da chuva e com o que quer que tenha acontecido lá, mas, de qualquer forma, todos quase entraram para dentro de si mesmos de vergonha daquela mulherzona que sorria para eles e, sorrindo, impunha sua presença naquele pedacinho de chão ocupado pelo cobertor. Porque não importava como fosse a reação das mães, as crianças ainda não tinham bagagem suficiente para saber como lidar com aquela mulher, a não ser a própria Maria, que já tinha tido um contato prévio com ela há tantos anos. Mas a senhora era adorada porque era a parteira da comunidade, e isso desde que a comunidade era comunidade, e ninguém sabia dizer muito bem quantos anos ela tinha, mas estava em algum lugar como o das avós de todas essas mulheres e a maioria das avós dessas mulheres já não vivia mais. Pelas mãos dela passaram suas mães e elas mesmas e seus próprios filhos e, com a graça de Deus, ainda passariam seus netos, porque todas acreditavam que a idade era um limite do qual a parteira conseguiria se sobressair e também todas acreditavam na magia de suas mãos, que nunca perderam uma criança. Sempre graças a Deus que deu a vida e graças à mãe que deu à luz e graças à parteira que deu a saúde. E todas, até agora, davam graças assim, mas de todas, até agora, a mãe de Maria era a primeira que estava prestes a perder uma criança. Crianças não morriam naquela comunidade por causa daquela mulher, e agora uma criança morria, mas isso não era algo em que elas quisessem ficar pensando.

 A tia voltou com a outra cadeira, que foi colocada a algumas de distância da cunhada, não longe o suficiente para acabar ficando frente a frente e forçar o contato visual. Deixou uma escolha para a parteira, sentar ao lado da anfitriã desconfortável à sua presença ou diminuir o desconforto que veio com a sua chegada, e prova de que a tia realmente pensou nisso é que ela disse um aqui está e não sentou e também não ficou perto da cadeira em que estava antes nem perto da nova cadeira que tinha sido colocada, mas sim voltou para dentro da casa, dizendo que ia pegar os bolos que tinham sido preparados e que estavam, modéstia à parte, uma delícia, especialmente o da cunhada, que tinha uma mão ótima para bolos mesmo, sem dúvida alguma, os dela acabavam sendo sempre os melhores. Ainda sorrindo, a parteira se virou pesadamente e com muito trabalho andou até a roda e todos acompanharam meio que ansiosos para onde ela mirava, e ela aparentemente também não queria lidar com a cara de louca da mãe nem com a energia meio louca da mãe, sentando na cadeira em que era sensato sentar. Talvez fosse injusto dizer que a mãe tivesse feito o caminho inverso ao de Rui e desistido de manter as aparências em frente às vizinhas, porque, apesar da cara de louca, ela não estava berrando nem chorando, e isso significava muita coisa, já que geralmente ela berrava e chorava e Maria tinha essa lembrança de que a mãe jogava coisas também.

Depois que todas estavam novamente organizadas e sentadas e depois que a presença da parteira entre elas deu um novo tom à tarde e à conversa, a roda das crianças ficou particularmente chata. Não queriam mais jogar cartas, ninguém queria mais fazer alguma coisa específica, tipo jogo de tabuleiro ou dominó, nem nada que não exigisse movimento e nenhum deles se sentia falando sobre qualquer coisa. Apesar de Maria estar louca para confabular com o primo e com o irmão sobre o que motivava aquele comportamento meio maníaco da mãe, não era algo que ela faria na frente dos outros quatro porque, além de o assunto não pertencer a eles, também ia ficar difícil refletir sobre o que estava acontecendo com mais crianças interrompendo e tentando entender do que ela estava falando, e ela não queria apenas falar disso, mas sim refletir muito sobre aquela cara da mãe, que se fechou e nunca mais se abriu, sobre o comportamento quase rebelde que fez a mãe se levantar logo depois que a parteira sentou, entrar na casa, pegar um maço de cigarro e um cinzeiro, voltar para a roda ao mesmo tempo em que a tia trazia os bolos e acender um cigarro atrás do outro, fumando como se não tivesse ninguém lá pensando que era indelicado fazer isso assim, no meio das visitas, e Maria nem sabia se era uma coisa que todo mundo concordava, a indelicadeza de fumar desesperadamente em público.

A gente só deve esconder quem é de verdade das pessoas que não importam

A mãe acendeu um cigarro encostada na pia da cozinha. Estavam apenas as duas em casa e Maria tinha acabado de completar o tema escolar na parte de lá, junto com Germano. Entrou na cozinha em tempo de ver a mãe dar a primeira tragada e perguntou quantos cigarros tinham sido fumados enquanto ela estava com o primo. A mãe olhou curiosa para Maria e disse que esse era o quarto ou quinto.
— Então hoje tu fumou 31 ou 32 cigarros.
— Ah, é? Pois eu não estou contando, sabe?
— Pois nem eu, tô só te contando, caso tu queira saber. — Maria sorriu e a mãe sorriu de volta. Achava que ela ficava bonita fumando, mas só porque achava a mãe bonita. — Se tu precisasse ficar sem, quanto tempo tu conseguiria, será?
— Todo o tempo que tiver muita gente em volta é o tempo que eu fico sem fumar.
— Mas a gente tá sempre em casa e tu tá sempre fumando, sempre que eu almoço, tu fuma.
— Hmmm, verdade. — A mãe fez cara de quem pensa e concorda. — Então eu quis dizer que consigo ficar sem fumar durante todo o tempo que tiver gente que não é minha por perto, com as minhas eu não tenho problema,

e considerando que tu saiu de mim, tu é minha, ou tô errada? – E a mãe seguiu soltando fumaça de cigarro e fazendo caretas para Maria, que fazia uma cara de nojo divertida, sua resposta padrão para toda vez que a mãe usava o argumento tu saiu de mim.

– Mas tu não fuma perto do Rui também.

– É que ele tá doente, né, Maria. Daí é diferente. Não pode fumar perto dele. O pai e o tio também não fumam nada quando ele tá em casa.

– E qual a diferença de uma pessoa qualquer vir aqui e tu não fumar, então?

– Não quero que todo mundo veja que eu não consigo ficar sem fumar, se para elas é normal, para mim eu sei que não é. Só por isso.

– As pessoas não se importam.

– É verdade, tu tá certa, eu só tenho medo que sim.

– Não contigo, eu digo, com o fumar, sabe, se é fraqueza ou não, tanto faz, acho.

– Pode ser também, mas eu não quero imaginar que as pessoas estão ali pensando em como eu sou uma fraca e compulsiva. Não quero lidar com elas lidando com o que eu não quero lidar. Pegou? – Ela apagou a bituca na água da pia e jogou no lixo. Maria não tinha pegado. – Vai dormir que amanhã tem aula, filha.

A mãe com certeza era uma pessoa muito louca.

A conversa tinha um leve fio de desconforto com o silêncio da mãe, que queria mostrar que já não se importava mais. Um cigarro atrás do outro não faria nenhuma diferença porque ela estava vulnerável de uma forma que jamais estivera e ainda na frente de todas aquelas mulheres que, mais tarde, quando chegassem em casa e contassem sobre a tarde, estenderiam a vulnerabilidade dela a suas mães e seus maridos e, ainda, àquela comunidade inteira, que pensava na mãe como a mulher que está perdendo a cabeça porque o filho vai morrer e sabe-se lá mais o que acontecia que provocava aquele comportamento estranho com relação à parteira, e Maria sentiu um misto de pena e de amor pela mãe porque devia ser tremendamente difícil para ela lidar com a própria fragilidade a ponto de abandonar as máscaras. Queria que ela tivesse seguido à risca sua convicção de não fumar tanto na frente de outros porque ali, naquela situação em que Maria podia olhar como sendo alguém de fora, era insuportável e constrangedor vê-la escancarar a própria dor. Mas Maria amava a mãe e amava a mãe demais ou será que, na verdade, não amava tanto assim? Ou será de novo que, mais ainda, aquela desconexão que sentia às vezes, como se não pertencesse mais à mãe, não tivesse mais vínculo verdadeiro com aquela mulher, sensação que se potencializava em determinados dias e também se acalmava em outros tantos, será que essa desconexão, sentida uma vez, a primeira vez, seria então sentida sempre e Maria meio que nunca mais seria da mãe, ao menos não daquele jeito de que a mãe falou quando acendeu um cigarro aquela vez?

– Vamos lá com elas. – A menina que tinha antes sugerido que brincassem de esconde-esconde agora trazia essa ideia muito mais plausível e executável, e todos concordaram na hora, principalmente Maria, que queria ver bem de perto o que estava acontecendo na roda do lado, queria ver de perto como era a mulher gorda de sorriso perfeito e queria ver bem de pertinho tudo o que acontecia com a mãe. Se levantou dizendo que deveriam ajudar Rui, e o próprio Rui se posicionou para receber melhor o apoio do primo e da irmã, porque todo mundo queria mesmo estar naquela roda agora, habitar o cobertor no chão já tinha sido o suficiente por hoje.

As crianças pegaram um pedaço de bolo e o suco que a tia tinha feito para elas e se sentaram no meio da roda das mulheres, que também comiam e falavam amenidades, como na última vez que tinham ido à cidade e ficado chocadas com o preço das roupas que precisavam comprar para os filhos, como eles crescem rápido, aliás, e que quente esse verão, mais quente do que todos os outros, e Maria se sentiu bem em ver tantas mulheres reunidas falando sobre como a vida acontecia todos os dias e a própria Maria se lembrou de que toda a culpa que sentia era pelo tanto que ainda acreditava que a vida podia acontecer todos os dias, mesmo que agora, nesse momento, nessa existência que todos da família partilhavam, a continuidade da vida fosse algo completamente aterrorizante, porque todos sabiam que ela seguiria, mas não sabiam como e menos ainda se queriam que seguisse. Não era o caso de Maria. Ela queria muito a continuidade de todas as coisas e sentia que se adaptaria facilmente ao que precisasse, até que as coisas voltassem ao normal, porque essa ainda era a melhor opção entre as únicas opções, mas o que será que pensaria a mãe? Continuar era uma opção para a mãe? E, se não fosse, se a mãe decidisse que nada mais importava e nenhum outro motivo era bom o suficiente, de que adiantaria a continuidade para Maria? Tinha o pai, mas o pai era só o pai, Maria o amava, mas os filhos sempre escolhem a mãe porque a mãe sabe mais e as crianças vêm dela.

A mãe tragava um cigarro após o outro enquanto as mulheres seguiam suas conversas, agora já tão naturalmente como se nenhuma delas tivesse compartilhado o momento de silêncio e olhares baixos minutos antes. As crianças comiam, Rui estava deitado com a cabeça apoiada nas pernas de Maria e todos passaram a prestar atenção quando uma das mulheres começou a falar da cobra que o marido tinha encontrado na estrada no outro dia.

— Ele teve que descer do trator, porque diz que não tinha como passar e diz ele que conseguiu matar o bicho a pedradas, mas vocês conhecem a peça, não conhecem, pois é, conhecem e eu duvido muito que tenha matado, vou te dizer, deve tá ainda por aí.

— Ah, mas e do tamanho tu não desconfia?

— Nah, tanto faz, o tamanho, a essa altura da vida, a gente já sabe que não faz lá tanta diferença. — E todas riram enquanto as crianças se olharam meio perplexas porque parece que uma cobra de dois metros e uma cobra de meio metro fazem muita diferença, embora tenha todo o perigo do veneno, mas as cobras grandes te abraçam e te enlaçam e quebram os ossos e isso não é nada que uma cobra pequena consiga fazer, se bem que tem o bote.

— Deus me livre de cobra, eu tenho trauma — disse outra —, só Deus sabe o que eu passei com o meu mais velho, bom, vocês sabem a história, não é mesmo?

— Que história, querida, acho que dessa eu não sei.
— A parteira era tão gentil quanto gorda e parecia que as mulheres se sentiam especiais toda vez que ela falava com alguma delas.

— Logo que o meu nasceu, tinha nem um aninho ainda, eu tinha que ir para a roça abrir mato e ia fazer o quê, levava junto, né? Meu Deus, não consigo nem pensar, a gente é tão novinha quando começa a ter os filhos, isso que esse meu hoje tá com mais de trinta anos, homem feito já, tem que ver só, um amor, trabalhador, não sei se a senhora lembra dele, mas foi a senhora que me ajudou também, Deus a abençoe, mas, enfim, abrir mato, não tinha quem fizesse, tinha eu que ir fazer e eu levava ele sempre junto comigo, era um menino querido pra ver só que amor de menino, daí ia junto comigo, né, eu sempre cavava um buraco pequeno, colocava um cobertorzinho e deixava ele lá dentro e ele ficava lá e eu dava a mamadeira e deixava ele com um ursinho que o pai tinha feito e ele ficava lá e foi quando ele começou a ficar doente e, imaginem meu horror, eu tinha nem vinte anos na época, fiquei sem saber o que fazer, o menino tava diminuindo de tamanho, a mãe veio passar um tempo lá em casa e, deu uns dias, ele tava bom, eu nem me atinei, né, e a mãe ainda dizia que era só falta de experiência, imagina a minha culpa, daí a mãe foi embora e a gente voltou a fazer o que fazia sempre, que era abrir mato, ele esperando no buraco que eu fazia e eu lá abrindo mato, até que foi começando de novo a perder peso e, tu acredita, a senhora, a senhora acredita que um dia eu olhei pro lado na hora e vi que uma cobra, uma cobrinha fininha, cinza e marrom, nunca esqueço a cor e a pele da cobra, tava lá enfiando o rabo na boca do nenê, daí ele vomitava e ela comia todo o vômito. Eu nunca me perdoo por não ter visto isso antes e ainda dei sorte que tá aí e tá bem, mas quase deixei aquela cobra sugar meu bebezinho, a senhora não imagina o pavor, não imagina, mas também a gente novinha, depois vai vindo os outros, vai aprendendo, vê mais as coisas, que eu sempre digo que mãe tem que tá atenta o tempo inteiro, senão depois acontece isso, ou o filho fica doente ou acontece algum acidente e aguentar depois, né, porque as crianças, elas não têm medo de nada, e se a gente não cuida... – ela terminou balançando a cabeça, procurando as outras para o sinal de concordância e encontrando, mais uma vez, os olhares baixos e perdidos de todas.

A mãe pareceu ter sido a única a não perceber a escorregada na fala da vizinha. Fumava seu cigarro, agora com tranquilidade, enquanto encarava sem baixar a cabeça a mulher que não conseguiu disfarçar a cara de quem sabia que tinha dito uma imbecilidade sem tamanho. Parecia que a mãe tinha até se ajeitado na cadeira, crescido de tamanho e largura e importância e até a fumaça que soltava tinha um efeito superior, como se a mãe fosse melhor do que todas, e provavelmente a mãe era melhor do que todas, mas fazia tanto tempo que Maria não via aquela superioridade na mãe, aquele ar que fazia com que todos em volta sentissem que estavam lhe devendo algo, um brilho que ela já teve e que sempre se deixava ver. Maria também tinha percebido o absurdo que a vizinha tinha falado, como se pudesse ser culpa de todas as mães do mundo todas as coisas ruins que aconteciam aos seus filhos, como se as mães pudessem sempre dar tudo o que os filhos precisavam e se sentiu muito muito culpada por, intimamente, exigir da mãe qualquer coisa a mais do que ela estava lhe dando, porque Maria não precisava de muito, ela só queria mais, quem precisava mesmo era o irmão, e ao irmão a mãe se dava com uma força arrebatadora que Maria nem sabia que existia, provavelmente porque a mãe não tivesse essa fibra até o momento em que teve de ter. Olhava triste e com a tão comum culpa de sempre para a mãe, que desviou seu olhar congelante da vizinha e o pousou na própria filha. Maria deu um sorrisinho tímido e a mãe respondeu com outro sorriso, avisou que ia entrar, mas que ficassem todas à vontade e Maria percebeu que, enquanto sorria, a mãe mordia a parte interna dos lábios.

Os dias seguiam com pressa e essa era a primeira vez que os dias seguiam assim, incontroláveis, quando vê já é noite, quando vê já é hoje, quando vê já é sábado. As exclamações recorrentes de meu Deus como o tempo passa rápido e meu Deus já é natal e meu Deus já é... deixaram de significar frases vazias para adquirir sentido, mas o sentido também aparecia nas coisas mais improváveis, como nas frases sobre o tempo e também nos silêncios prolongados da mãe e na necessidade de manter tudo impecável. Passar um dia de sol trancados dentro de casa ou perceber que nem todos os dias, talvez, fossem obrigados a ter uma cor própria eram coisas que não estavam diretamente relacionadas com o irmão, mas que, por causa do irmão, faziam Maria pensar que o amor era uma construção de pequenas coisas e, ainda, um estado de espírito. Mais alma que toque, porque, ao mesmo tempo que tocar era necessário, também afastava. Toda vez que queria abraçar Rui, se perguntava por que queria abraçá-lo e a iminência de que ele partisse a qualquer momento fazia com que encostar nele fosse quase errado. Como Maria, apesar de seus desejos mais profundos, ousaria tocar num ser humano tão puro quanto Rui em seus últimos dias em casa? Tinha de pensar no amor e amar sem corromper e, também, tinha de fazer esforço para não odiar todos os dias e não deixar crescer o ressentimento com a mãe, que também não dava mais abraços nem beijos em Maria, mas também já não conseguia mais nem ser tudo de que o irmão precisava.

    O atropelo dos dias era só um jeito de se ver as coisas porque sabia ser necessário preencher com o máximo de memórias possíveis um tempo que era inconstante e volátil, que corresse, tudo bem, mas eles não tinham como saber até quando ainda seria possível virar as folhas do calendário. A volta definitiva de Rui para casa criou uma rotina metódica de cuidados que fazia as faxinas parecerem brincadeiras, e Maria não sabia como explicar que os dias que passavam tão rapidamente, na verdade, se arrastavam. Gostava de olhar para Germano, que parecia ser quem mais sofria com o novo ritmo imposto a todos, porque ele estava permanentemente entediado. O primo, que sempre foi o mais agitado entre os três, sentia com força a nova configuração e Maria percebia o esforço que ele fazia para manter a naturalidade, já que agora o natural era uma coisa completamente diferente. Para ele, o tempo passava mais devagar porque tinha menos ação e ele se esforçava para ficar parado, mas toda manhã acordava e corria para Maria dizendo que horror que já não é mais ontem e com isso queria dizer será que é hoje. Hoje era sempre um dia aterrorizante porque todos sabiam o que podia significar, mas cada um vivia seu terror em mundos separados: Germano e Maria com as suas verdades descobertas quase à espreita e os adultos com a função de fazer com que fosse o melhor dia possível. Hoje, todos os dias, era um dia limite para o qual ninguém tinha estrutura emocional suficiente, mas, quando chegava a noite, todo mundo estava um pouco mais forte, depois de ter lidado com 24 horas a mais de ansiedade e tensão e tentado, durante 24 horas, disfarçar essa ansiedade e tensão. Todo mundo se dava como preparado.

Nas primeiras noites, logo depois que Rui voltou, Maria dormiu no quarto dele, rotina que fazia parte de todas as voltas do hospital, mas desta vez com muito mais liberdade, o tipo de liberdade que os dois não tinham desde quando Rui ficou mal, sem pais espionando a cada quinze minutos e sem aquelas máscaras horríveis que a mãe obrigava todo mundo a usar. Mesmo assim, sentia que não tinha como se aproximar do irmão da mesma forma que antes porque, bem, agora tudo estava diferente e ela estava diferente também e não conseguia parar de imaginar o que Rui devia sentir, mas, ao mesmo tempo, não conseguia parar de pensar em como ela mesma se sentia. De noite, enquanto conversavam, ela contava dos assuntos que tinha aprendido na escola, como os planetas, por exemplo, e as cores, as cores primárias e as secundárias, e confessava que, desde que percebera as cores, não conseguia dissociá-las da vida, que podia ver cores em todas as situações.

– Que cor a gente é agora? – A respiração de Rui fazia um barulho ritmado e alto que desconcertava Maria. Achava que eram azul-marinho quase preto, mas talvez porque fosse noite, e azul-marinho quase preto parecia pesado demais.

– Me parece que laranja, sabe? Que tu acha? – E então ela explicava que laranja sempre lhe pareceu uma cor de lembrança e felicidade.

– Acho que sim, que pode ser. – E suspirava com mais dificuldade.

Por pior que fosse e mais desamparador e dolorido e errado, o que sentia não era nada se comparado ao que Rui vivia, embora talvez fosse importante também. Sabia que não era ela quem tinha perdido todas as coisas legais dos últimos anos ou quem sentia dores absurdas nem quem tinha de acordar de manhã pensando que poderia ser a última vez que acordaria de manhã, mas se sentia travada em meio a uma tormenta de experiências traumáticas, imóvel, não fosse o movimento provocado pela água que acabava empurrando-a de um lado a outro. Toda noite, quando iam dormir, ela ficava ansiosa pensando se essa seria a última noite ou não, e se sentia péssima porque não era uma ansiedade daquela que machuca, era mais uma ansiedade daquelas de quem espera, e o que mais doía, fora a dor primeira de se sentir tão só, era a culpa. Se perguntava se quem sabe mais tarde na vida, em outra fase e vivendo outras histórias, não se lembraria da época em que o irmão sofria tanto e ela agia de forma egoísta, sentindo pena de si mesma, e veria que era inevitável que se sentisse exatamente da forma que se sentia e daí, quem sabe, se perdoaria ao menos um pouquinho e, ao menos um pouquinho, aliviaria essa bagagem que a acompanharia para sempre, porque se alguém deseja a morte do irmão, a marca fica para sempre. Mas talvez fosse esse o problema da barreira da qual ela nunca via o fim: acreditava que, se prestasse tanta atenção em si mesma, não conseguiria se colocar no lugar do irmão porque, de qualquer forma, isso era impossível, ninguém pode verdadeiramente se colocar no lugar do outro, mas apenas na sua ideia do que é o lugar do outro, e assim acabava, invariavelmente, voltando para o seu próprio lugar.

  Nas noites que passou no mesmo quarto que o irmão, voltou ao hábito de vê-lo dormir enquanto não conseguia mais pregar os olhos. Tinha sono o tempo inteiro e sentia que o tempo inteiro não dormia. Até que, de repente, acordava de manhã com a mãe mandando que ela saísse e fosse para outro lugar porque precisavam de espaço para Rui, e ela se arrastava para outro lugar, meio perdida por ter sido acordada, sem saber ao certo o quanto dormira e sem sentir o efeito do sono em seu corpo. Durante as madrugadas, Maria não conseguia controlar as lágrimas, e nem queria controlá-las, os dias inteiros eram tão cheios de momentos em que ela era obrigada a morder a parte interna dos lábios que, quando todo mundo dormia, o silêncio era um alívio e poder chorar, uma calmaria. Queria chorar o tempo todo e, se pudesse, deitaria ao lado de Rui na cama alta e deixaria as lágrimas caírem até molhar o travesseiro e ela e o irmão e o quarto inteiro e todas essas lágrimas por ele e por ela própria e pela mãe e pela saudade que ela já sentia de todos, embora todos estivessem presentes o tempo inteiro, mas que forma era essa de estar presente, se ela era tão solitária?

    Rui não se interessou tanto pelas cores quanto pelos planetas, queria saber tudo o que Maria se dispusesse a contar, e ela tinha toda a disponibilidade do mundo. Enquanto falava sobre o Sol e as estrelas e o fato de o próprio Sol ser uma estrela e de a Lua não ter luz própria, mas apenas refletir a do Sol, Maria se perguntava se, em cada crise aguda de dor que ele tinha, temia que a próxima seria ainda pior e imaginava também se, quando estava sozinho por questão de segundos, temia morrer bem naquele espaço de tempo, sem ninguém, sem se despedir, sem olhar nos olhos de quem amava nem poder dar um sorriso gentil, porque ela acreditava que o irmão daria um sorriso gentil se pudesse olhar nos olhos de cada um deles antes de morrer. Rui estava nesse lugar agora, o de viver uma existência da qual nenhum deles podia dizer menos que iluminada.

– E se tem todas essas coisas no céu, onde será que Deus fica? – Rui quis saber, claramente fascinado.

– Dizem que ele está em todos os lugares, né. – Mas Maria não acreditava mais.

– Pois é, e onde será que é todos os lugares, hein? – Rui deu uma risadinha, ele ainda acreditava.

– Não faço ideia.

Quando a gente deixa de acreditar, as coisas não deixam de existir

A mãe já não rezava mais. Enquanto a tia aumentava a quantidade de terços aos quais se dedicava diariamente, dia após dia, três por vez, a mãe foi fazendo o caminho contrário. Antes, quando estava em casa, rezavam as duas juntas, e Germano e Maria sabiam que, quando se aproximasse a hora da reza, era bom sair do campo de visão, porque quem estivesse por perto era agarrado junto e tinha de se ajoelhar também. Não é que sempre tenham sido assim, as duas. Rezavam sempre, mas nunca tanto, e foi depois que Rui adoeceu que começaram a dedicar tantas horas para as ave-marias e os pai-nossos. Ela achava que isso acontecia porque, enquanto Rui estava fora e longe e doente e os médicos agiam e os remédios agiam e as agulhas furavam a pele fina do irmão, e daí agiam, não havia nada que estivesse mais ao alcance delas do que pedir desesperadamente por ele. A reza era o que tinham e por isso rezavam e, provavelmente, acreditavam muito em cada palavra que proferiam e cada pedido que faziam, até que, um dia, depois de tantas e tantas horas rezando a Deus, até que esse dia, Maria não sabe dizer se foi aos poucos, porque teve um dia só que foi o primeiro em que ela reparou na tia rezando sozinha, então pode ter sido nesse dia ou até em dias antes, mas não faz diferença, teve um dia em que Maria percebeu que a mãe já não rezava mais, não do jeito convencional, não juntando as mãos e ficando de joelhos, não respondendo à ave-maria da tia e depois chamando ela própria a ave-maria. Será que a mãe também, em meio a toda a realidade na qual eles foram jogados, ou talvez por causa da realidade, tinha percebido que, possivelmente, deus não existia de fato ou, se existisse, era outra coisa que não a que eles esperavam, porque era impossível um ser só, não importa qual fosse esse ser, dar conta de responder a tantas orações o tempo inteiro e no mundo todo?

Maria estava há dias com medo, um medo que não podia confessar para ninguém, a não ser Germano, e Germano não tinha poder algum para protegê-la, embora ultimamente ela achasse que ninguém estava muito preocupado com isso, com protegê-la, e talvez, na verdade, ela nem precisasse ser protegida, mas ainda acreditava que sim, que precisava, que era uma criança. Mas isso tanto fazia, o problema era o medo que não podia confessar porque alguém iria xingá-la e dar-lhe umas tundas de laço e gritar que isso era pecado, talvez a tia fizesse isso, porque a tia parecia ainda a única que se importava em lhe dar umas tundas de laço, mas disso, de apanhar, ela já não tinha tanto medo, tinha medo do desamparo mesmo, porque aí ela estaria desamparada por todos os lados, sem a mãe e sem o irmão e também sem Deus. Já fazia uns dois anos que Rui vivia já tão magro e mirrado, tão diminuído, em vez de crescido como ela e como Germano. Maria estava deitada, suando, porque já estava ficando quente de novo, ouvindo o irmão chorar no quarto ao lado com o pai e a mãe falando coisas, e percebeu, com muita certeza, esta verdade que ninguém falava em voz alta e que devia ser um pecado tremendo, mas deus não existia.

    O irmão conseguiu adormecer e ela seguia sem se mexer enquanto não dormia, porque a rede que evitava que os mosquitos a devorassem estava meio solta em volta da cama e se enrolar naquela rede dava agonia e, acordada, não suportava mais a aflição, depois, dormindo, que se enrolasse o quanto quisesse, porque no sono se suporta tudo e esse drama era comum de todas as noites de calor, mas era uma pena que ultimamente dormisse tão pouco e tão mal, se conseguisse, permaneceria dormindo muitas horas do dia, mas talvez a agonia quisesse muito ser sentida e influenciasse diretamente no sono, talvez não tivesse o que fazer e era uma descoberta recente essa, a agonia, e mais recente ainda a maneira de evitar a agonia e ainda mais recentíssimo o fato de que, talvez, a agonia não fosse algo feito para ser evitado, era algo a ser sentido, algo horrível, doía sob as unhas e doía o peito também, não era nada, diziam, era por causa do irmão, queria atenção, mas doía, sim, e ela descobriu, com a professora, a palavra agonia, e era agonia o que sentia então. Que todo mundo dissesse que não era nada, tudo bem, mas ela achava interessante conseguir nomear a coisa, para sentir que o que era, era algo, uma coisa, então aquele mosquiteiro ficava se enrolando na perna dela, que estava meio suada e que também se enrolava no lençol, e ela não podia reclamar e não podia nem pensar em reclamar porque o irmão vivia o que vivia, agora há pouco mesmo estava chorando, ele, sim, estava em agonia. Talvez ela ainda precisasse descobrir outro nome, mas, enquanto isso, sentia agonia também, uma agonia diferente da do irmão, porque a dela vinha de dentro e a dele vinha de fora, das internações e das manchas roxas e das agulhas na carne. Certamente ainda existiam vários outros tipos de agonia contidas nas agonias que vêm de dentro e nas que vêm de fora também, e deviam ser infinitas as agonias no mundo. Tem a agonia de quem sente fome, os que vêm sempre pedir comida porque têm fome, eles devem sentir agonia também, e o pai e a mãe, por causa do irmão, estão em extrema agonia, e as vacas, todo dia, com o leite sendo tirado por pessoas que não se importavam, deviam sentir agonia, e o porco, quando morre, faz um barulho tão alto que devia ser a maior agonia do mundo, a vó, enquanto morria, o vô, enquanto construía a casa, a professora, com todo mundo na sala de aula e tendo de ensinar coisas diferentes para cada aluno e o barulho que cada aluno fazia, e o homem da prefeitura que abria as estradas e aquela máquina fazia muito barulho e continuava a agonia. Se levantou e pegou o caderno que usava na escola e, na penúltima página, porque a última já estava cheia de rabiscos e desenhos, fez uma lista de todas as agonias próximas das quais conseguia lembrar, uma por uma, começando no irmão e terminando no barulho da máquina e, enquanto escrevia, percebeu que, se algum dia precisasse justificar sua descoberta, não tinha como saber que não precisaria explicar o porquê de saber que deus não existe, diria que, se ele existisse, seria impossível apontar tantas agonias assim, em tão pouco tempo, e, mais ainda, diria que a agonia que imaginava que o irmão sentia não poderia ser tão absurda a ponto de ser impossível nomeá-la.

    Se obrigava, todos os dias, a tentar esquecer a descoberta, como se ela pudesse ser desfeita e, esquecida, deixasse de existir, mas era impossível, era grande demais e perigosa também. Se deixasse de acreditar em Deus, deixar de acreditar poderia ser pecado? Mais um pecado somado aos que cometia com seus sentimentos pela situação do irmão. As pessoas diziam Deus sabe o que está fazendo, e Maria tinha vontade de revirar os olhos e empurrá-las, porque, se fosse verdade e tudo tivesse um propósito, então o sofrimento do irmão acontecia por alguma razão superior, como se, por mais especial que o irmão fosse, o que acontecia com ele, o que acontecia com o irmão, fosse mais especial do que o próprio irmão. Não há nada de especial em desaparecer pouco a pouco em uma cama de hospital, mas na época Maria ainda não tinha ouvido a palavra terminal e não sabia que o irmão estava no fim, porque, se soubesse, ela teria berrado e exigido justificativas para frases tão vazias quanto Deus sabe o que está fazendo. Depois que escutou a palavra, percebeu que todo mundo passou a ser mais cuidadoso com o que dizia. Tinha a sensação de que palavras fossem o ponto final para transformar o vazio em uma realidade concreta, ou as coisas que podem ser ignoradas todas as noites, ao deitar a cabeça no travesseiro, em problemas verdadeiros que precisam de solução na manhã seguinte e ninguém achava que existia um porquê para a morte anunciada do irmão. A tia que rezasse todos os terços que quisesse, mas fazia isso sem imposições, principalmente depois que a mãe parou de acompanhá-la no rosário.

A mãe parou de rezar bem na época em que Maria ouviu a conversa do tio e do pai. Depois de saber que o filho era terminal, deve ter percebido que, quando as palavras finalmente são ditas, elas têm a força de concretude, mas que, quando elas são ditas frequentemente, dia após dia, podem se esvaziar e perder a essência. Se a reza a acalmava antes, porque era o que ela tinha nas mãos, agora já não fazia diferença, porque eram várias palavras, repetidas centenas de vezes, e ela poderia repetir qualquer palavra centenas de vezes que o resultado prático seria o mesmo. Um dia, a mãe estava fumando um cigarro na cozinha enquanto descansava de esfregar o chão de joelhos, ritual que antes era de toda sexta-feira, mas que agora era repetido todo dia em que ela estivesse em casa, quando Maria achou seguro contar que também estava no mesmo lugar.

– Eu também não acredito mais em deus. – Sustentou o olhar da mãe, que se surpreendeu com a aparição repentina de Maria, e não com a colocação da filha.

– Também...

– Tu não acredita mais também. Não reza mais.

– Eu acredito, sim. Tenho medo de Deus.

– Por quê?

– Porque ele só tira e nunca dá nada, mas ele tira.

– Não é ele que tira. É a vida.

– Tu devia acreditar, Maria. Devia temer também, filha.

Maria teve de se resolver sozinha com seu medo, mas isso não era muita novidade, porque ela já achava que tinha de se resolver sozinha o tempo inteiro, embora isso não fizesse nenhuma diferença. Agora sabia que pecava e, mais que isso, sabia que Deus estava em uma espreita constante para puni-la por sua falta de fé. Mas acontecia que ela já era punida o suficiente e que mais que isso não faria diferença, então deus não existia e ponto, ele que fizesse o que quisesse fazer.

Estavam todos sentados na grama na frente de casa, esperando o entardecer, que era um dos horários mais bonitos, porque ainda era claro e se via perfeitamente, mas estava tudo na sombra, menos o topo das árvores e o telhado da casa. Ali ainda parecia que o sol se demorava, mas isso não era uma coisa porque ele não tinha exatamente pressa para ir embora. A mãe e o pai e a tia e o tio e Rui estavam todos sentados sobre o mesmo cobertorzinho que tinha sido promovido oficialmente ao ar livre nesses últimos dias. Tomavam chimarrão, a tia tinha acabado de preparar um novo e a mãe fazia carinho no rosto de Rui, que estava deitado e pousava a cabeça em suas pernas. Maria e Germano estavam entretidos matando os mosquitos em volta de todos, os borrachudos formavam pequenas nuvens acima das cabeças e a cada palmada as mãos saíam carimbadas. Era calor, mas estava agradável porque também era anoitecer, e Maria lembrou de quando a mãe falou que, na hora que Rui chegasse, eles todos seriam uma família. Tinha se ofendido tanto com esse comentário, mas, olhando agora, tinha vontade de chorar de gratidão, porque o cenário era perfeito, com a casa ao fundo tão imponente, dividida e uma só, tão cheia de suas próprias histórias, assim como cada um deles ali, talvez ainda não histórias suficientes, mas histórias próprias. Talvez fosse isso que a mãe tivesse visualizado quando queria que fossem todos uma família. Que bom que estavam todos família agora. Maria se sentia feliz e queria que esse momento durasse para sempre, e será que Rui pensava nessas coisas, em como ele queria que esses momentos durassem para sempre?

Tinham comemorado o aniversário de Maria e Rui mais cedo e a festa tinha terminado há pouco, quando todos os vizinhos foram embora. A mãe, com a ajuda da tia e também de Maria, montou uma mesa na área de casa, em frente a um cartaz com palavras coloridas que dizia parabéns Rui e Maria e que era rodeado por balões de todas as cores. Tinha um bolo que era alaranjado – Maria tinha escolhido a cor e Rui tinha concordado, e mesmo quando a mãe perguntou se ele não queria que metade do bolo fosse azul, o irmão disse que não, que queria tudo de uma cor só e que tinha de ser alaranjado.

– Não sei daonde que vocês dois tiraram que o bolo tem que ser alaranjado, nunca vi – disse a mãe na manhã anterior, antes de mandar o pai à cidade comprar as coisas para que ela fizesse as comidas para a festa.

– É porque alaranjado é uma cor feliz – disse Rui, e, quando a mãe o olhou com uma cara de quem não está entendendo nada, ele acrescentou rapidamente: – Foi a Maria quem disse, pede pra Maria.

– Eu acho alaranjado uma cor feliz – Maria falou, já baixando os olhos porque percebeu que, enquanto a olhava, a mãe mordia a parte interna dos lábios, e se surpreendeu que sua reação imediata tenha sido morder, ela também, a parte interna de seus lábios.

– Corante laranja, então, tu não esquece. Se esquecer a gente vai ter que comer um bolo triste. – Todos riram e o pai deu um beijo em cada testa e saiu porta afora, e Maria achou bem gentil o beijo em cada testa porque sentia, sem muita importância, que o pai ultimamente já nem aguentava muito estar por aí.

O bolo era um retângulo enorme e cheio de merengue alaranjado. De um lado, estavam doze velinhas e de outro onze. Olhando de longe, era muita velinha junta e, na hora de assoprar, Maria teve de soprar com bastante força para equilibrar o esforço que o irmão não podia fazer. Foi uma tarde animada, cheia de amigos e vizinhos e colegas da escola. Os adultos se reuniam em uma roda na grama e o pai era responsável pela cerveja, enquanto a tia cuidava de servir os salgadinhos. A mãe ficou o tempo todo em volta das crianças e se esforçava para não sufocar o filho, ao menos era o que Maria percebia quando a via se levantando e fingindo sair de perto, mas parando logo ao lado, sem fazer nada, ou vindo oferecer qualquer coisa, dizendo tu quer, em vez de perguntar está tudo bem. Rui provavelmente não estava se sentindo sufocado, gostava de ficar perto da mãe, ela era confortável, carinhosa, generosa e, para ele, era tudo. Várias crianças brincavam por conta, correndo pela propriedade, montando em árvores e perseguindo os galos e as galinhas. Maria e Germano ficaram o tempo inteiro com Rui na área, na parte montada com todos os jogos que os três tinham, e o tempo inteiro estavam acompanhados por outros amigos, que pareciam se revezar entre correr e jogar tabuleiro, e Maria achou isso uma coisa muito muito legal e, por um momento de descuido, quase não teve tempo de morder a parte interna dos lábios e precisou correr ao banheiro porque por que estaria chorando na própria festa de aniversário, não é mesmo?, que motivos que tu tem, Maria?

Quando voltou, viu que a parteira chegava, com todos os seus anéis e toda a gordura do seu corpo, ainda mais bonita do que no dia das visitas, com o cabelo bem penteado para trás e com uma espécie de casaquinho leve e esvoaçante sobre um vestido que desta vez era preto. Olhou para a mãe e entendeu que a velha não tinha sido convidada, apenas apareceu porque sabia que dia era o dia de hoje e Maria quase se perguntou como é que ela sabia. Carregava uma pequena sacolinha nas mãos e chegou em casa com o mesmo esforço que das outras vezes. Foi recebida pela tia, que largou uma das bandejas no colo do marido e pegou a mulher pela mão, levando-a até a área. A tia não era gorda, mas também não era magra, e chegava a ser divertido como ela desaparecia ao lado da parteira.

– Venha cá, minha querida, deixe-me lhe dar um abraço e um beijo de feliz aniversário. – Maria olhou para a mãe, que lhe deu um sorrisinho, e se deixou abraçar pela parteira. – Eu lembro exatamente do dia de hoje há doze anos, sabia? Foi um parto difícil o seu, não foi, querida? – Agora ela olhava para a mãe. – Sua mãe levou tantas horas para lhe colocar no mundo que a gente até perdeu as contas.

– Sessenta e seis – a mãe respondeu, em pé, ao lado das crianças, que tinham parado os jogos para ver a mulher chegar. – Eu lembro de todas as horas.

– Claro que sim, foi modo de falar. Quem sente nunca esquece. – Ela abriu aquele sorriso encantador e olhou para Rui, que estava sentado no chão ao lado de Germano. – Ora, e você também, meu querido. Eu lembro exatamente desse dia há onze anos. – Ela se aproximou e passou a mão na cabeça de Rui, que lhe devolveu um sorriso ainda mais cativante.

– Duas horas – a mãe disse e encheu os olhos de lágrimas.

A parteira se aproximou dela e a puxou para um abraço.

– Eu sinto muito, minha querida, tanto tanto que nem sei. – As duas ficaram abraçadas durante um bom tempo e Rui, Maria e Germano se olharam. Será que elas tinham feito as pazes? Quando? De qualquer forma, ninguém sabia por que elas tinham brigado, para começo de conversa. Quando as duas se largaram, a parteira abriu a sacolinha e tirou dois caderninhos com a capa toda colorida e cheia de brilho e duas canetas, que também eram brilhantes e coloridas, e entregou um de cada para cada um dos aniversariantes.

— É só uma lembrancinha pra vocês escreverem as lembrancinhas de vocês, olha só!

Depois que a parteira foi embora, logo após entregar os presentes, resistindo às ofertas da tia para provar o bolo ou tomar um refri, Maria perguntou para a mãe por que aquela vez, anos atrás, ela tinha feito aquele escândalo com a visita no dia de chuva. A mãe ficou surpresa que a filha lembrasse desse dia.

— Ela me contou que o Rui ia ficar doente e não me contou como deixar o Rui bem.

— Por que não?

— Porque ela não sabia. Mas isso não é assunto de criança, Maria.

— Eu não sou criança.

A mãe olhou para Maria em silêncio, puxou a filha para um beijo e um abraço e depois lhe deu dois tapinhas nas costas, que voltasse a brincar com os amigos. Maria se sentou ao lado do primo e do irmão e contou a conversa que teve com a mãe.

— E agora ela contou para a mãe como me deixar bem? — Maria se sentiu uma ridícula por ter jogado aquela história no colo de Rui sem sensibilidade nenhuma. Ele ainda tinha esperança.

— Acho que não — ela disse, enquanto Germano dava uma batidinha no ombro do primo.

— Tudo bem, então tá tudo normal.

Maria e Germano se sentaram junto com o resto da família e agora a noite já tinha chegado, não completamente, mas a tarde já era apenas um vestígio de cor no céu. A mãe perguntou se eles tinham gostado do aniversário e os dois responderam que sim, e Germano também respondeu que sim e todos riram.

— E vocês vão querer jantar ou já comeram de tudo hoje de tarde?

— Eu quero bolo! — Rui levantou os braços animado e batendo palminhas, parecia que o aniversário tinha sido responsável por repor uma quantidade de energia que fazia tempo que seu corpo não via.

— Assim... se tiver, eu também como, sabe... — Germano se fez de desentendido mais uma vez e arrancou risadas de todo mundo.

— E tu, Margarida Maria, vai querer um bolinho também? — O pai brincou com Maria e, nesse segundinho de noite, era como se fossem uma família normal. Fazia tanto tempo que o pai não lhe chamava de margarida, embora, quando fosse bem criancinha, Maria odiasse o apelido, que não teve origem em lugar nenhum, a não ser na vontade do pai.

— Acho que não, acho que eu gostaria de uma polenta com galinha, se não fosse pedir demais, por favor. — O pai fez cócegas em Maria, chamou-lhe de margarida abusada e Maria riu muito e alto, porque o dia tinha sido tão bom que até piada todos faziam naturalmente. Se o dia hoje tivesse cor, com certeza seria todas. Se a casa tivesse de lembrar de uma história só, seria dessa, do momento em que todos ficaram na grama, esperando a noite e aproveitando a companhia uns dos outros. Sete pessoas sendo, enfim, família, sem passado e sem futuro e sem o peso da ausência dos próximos dias, porque eram completamente presente. Tinha sido um dia bem bom.

    Como é possível que todo mundo seja pego de surpresa quando algo que está há anos previsto para acontecer acontece? A própria Maria, que sabia que estava completamente preparada, embora muito triste, embora muito culpada, mas totalmente preparada para o momento em que a mãe choraria ainda mais alto e o pai choraria ainda mais baixo e a casa rangeria ainda mais, porque o resto seriam lágrimas e silêncio, mas ninguém escutaria os barulhos da casa, porque, nesse dia, teriam ainda menos ouvido do que tinham agora, quando já quase não escutavam a casa ranger, a Maria chorar, os animais fazerem os sons de animais e o dia chover ou relampejar ou fazer sol com pássaros, coisas em que Maria seguia prestando atenção, também não estava preparada. Ninguém nunca tinha puxado Maria pela mão, lhe dado um colo e dito meu anjo, são essas as coisas que vão acontecer, mas exatamente por isso, por perceber que era tão deixada de lado que nem ao menos a consideravam digna de absorver todas as informações, que Maria sabia de tudo e achava que se preparava para tudo, porque se nunca a tinham colocado como parte desse mundo novo da doença do irmão, ela queria mostrar que sempre estivera ali, sempre estivera em volta, sempre percebeu o que acontecia porque ela seguia olhando para todos os lados, então, mais que o preparo para amenizar todo o sofrimento que sentia, Maria queria se preparar para mostrar que estava preparada, que sabia das coisas, porque ela sabia, sim, sabia desde muito tempo, sabia porque escutava, escutava porque estava presente e estava presente porque não tinha nenhum outro lugar para ir que não o entorno da mãe, que passou a orbitar em volta do irmão, e, como planetas, Maria também era atraída para esse sol e, embora achasse que isso fosse garantia de que estivesse preparada, não podia imaginar que não estaria e, depois que aconteceu, também não conseguia mais imaginar que houve um dia em que achou que a morte do irmão fosse algo para o que ela pudesse estar pronta.

Naquela manhã, quando ainda não tinha clareado, Maria acordou com o barulho da casa, se levantou, sentou no chão da cozinha e ficou em silêncio, apenas ouvindo o barulho da casa, porque essa foi outra coisa que aconteceu totalmente ao contrário do que ela imaginava que seria: que a morte trouxesse silêncios era apenas uma ideia muito vaga que ela tinha tirado não sabia de que lugar e que não estava nem um pouco de acordo com a realidade, não porque a mãe berrasse, não porque o pai chorasse, por mais baixo que isso fosse, não porque a tia falasse alto um monte de lamentações e orações e o tio dissesse, ele próprio, coisas como ele foi em paz, mas porque a própria Maria, se isso fosse possível, estava mais cheia de coisas como jamais estivera antes e, quando pensava na morte do irmão, o pensamento era acompanhado por dúvidas sobre o que aconteceria na casa e com os pais e com a sua própria vida, mas nunca tinha pensado que existiam outras coisas ensurdecedoras que se passariam dentro dela e fariam desse o dia mais insuportavelmente barulhento que tinha vivido até agora.

O dia começava a virar dia e ela ouviu um barulho na cozinha, olhou para o lado e era Germano que chegava, devagarzinho, olhando bem e procurando por ela, vindo dos quartos com uma cara que já não era mais cara de sono. O primo se sentou ao seu lado e eles se olharam, até que não aguentaram mais se olhar porque agora seria apenas os rostos dos dois que estariam em todos os momentos e eles teriam tempo suficiente para ficar encarando um ao outro, e Maria se perguntou se toda vez que olhasse para Germano e recebesse de volta o olhar do primo, se toda vez que os dois brincassem ou trocassem qualquer confidência, se isso sempre traria a lembrança de Rui.

— Tu não chora? — o primo perguntou, olhando para os pés estendidos enquanto arrancava a carne que envolvia a unha do indicador da mão esquerda com o indicador da mão direita, o que deixava Maria extremamente aflita, porque sempre imaginava que ele iria cutucar tanto que iria acabar arrancando um naco de carne e ficar com sangue escorrendo, e isso acontecia muitas vezes ultimamente, por isso ela pousou as mãos sobre as mãos do primo, que entendeu e parou.

— Não sei, acho que sim, mas eu ainda não fui lá.

— Mas já aconteceu igual.

— Eu sei, não é como se eu não soubesse, mas ninguém me avisou.

— Eu tô te avisando.

— Mas tu sabe que eu sei.

— Eu sei, mas eles não sabem. É pra tu ir lá.

Maria e Germano se olharam de novo, mas dessa vez Maria pensou outras coisas e provavelmente Germano pensava outras coisas também, mas Maria pensava que tinham incumbido Germano de chamá-la para ver o irmão morto, queriam que Germano lhe desse essa notícia, que seria a maior de todas as notícias, porque, por mais que não fosse para o primo lhe contar, por mais que o primo tivesse encontrado Maria deitada na cama, no quarto escuro e ainda dormindo, por mais que todas essas coisas fossem verdadeiras, sempre, em todas as versões e suposições dessa história, ela seria acordada antes do dia por Germano e ouviria o choro no outro quarto e saberia imediatamente o que tinha acontecido e odiaria o primo pelo tempo que agora parecia para sempre porque, por mais que não fosse sua culpa ou até mesmo sua função avisar-lhe da morte, era isso que a sua presença faria. Se abraçaram, ela e Germano, e ficou feliz que o primo não tenha precisado acordá-la nem olhar para ela com os olhos de quem conta o horror, mas sim apenas avisar que esperavam por ela, e ficou feliz que a ninguém tenha cabido a missão de dizer Rui está morto, porque ela estava há tantas noites dormindo sonos tão acordados que não existia possibilidade de deixar esse fardo nos ombros de alguém e pensou que, talvez, os pais não quiseram ser eles os encarregados de acordar a outra filha, agora única, para dizer que o irmão tinha morrido, porque parece ser um peso muito insuportável para jogar nos ombros de alguém isso, a morte de uma pessoa amada, embora parecia também que, depois que a pessoa estava morta, não cabia mais a ninguém o controle de coisa alguma, e não contar por medo de ficar marcado era uma coisa egoísta, mas quem era Maria para acusar qualquer pessoa no mundo de egoísmo, não é mesmo, não era ela que estava há meses e meses esperando por esse momento e justificando a espera com o fato de que ela própria não podia fazer nada pelo irmão nem mudar sua situação e que o próprio irmão não aguentava mais sofrer, mas ela também sabia que tudo o que escolhia como justificava eram mentiras e que ela era a pessoa mais egoísta que conhecia, mas isso não fazia diferença porque ela também não tinha como saber que o que sentiria num dia como hoje meio que não caberia em lugar nenhum.

    Saíram do abraço, ela e o primo, se levantaram e foram. Pararam na porta do quarto e todas as coisas do quarto, a luz amarela, a cama mais alta, a cômoda com fotos nos porta-retratos, a cortina que estava fechada e a janela que estava escondida atrás da cortina fechada, o guarda-roupa de madeira e de duas portas todo riscado com palavras e desenhos feitos com a ponta de chaves, as cadeiras que estavam lá e o sofazinho de dois lugares que ficava encostado numa parede desde que o irmão adoecera e começara a voltar para casa, alguns brinquedos que estavam todos organizados em uma estante porque não tinham mais utilidade frequente fazia tempo, eles não gostavam mais, o crucifixo pendurado na parede, a madeira do assoalho e das paredes, o tio e a tia, o pai e a mãe, nada preenchia aquele espaço que foi o maior espaço em branco, o maior espaço vazio, o maior nada que Maria já viu na vida, isso contando todos os anos que viriam depois e os que viriam ainda mais além, nada era e seria suficiente para fazer parecer que existiam coisas lá porque agora, na verdade, não existia mais nada. Tudo era o corpo morto do irmão.

    — Vem cá, Maria, se despede do Rui — a tia chamou, estendendo o braço para a sobrinha e puxando Maria para um momento que nem cabia na realidade, porque que despedida ainda sobrava quando o que existia estendido naquela cama era um corpo sem vida? Maria fez sinal negativo com a cabeça, quase abraçando a madeira do vão da porta, como se pudesse, fundida com aquele material, ficar para sempre grudada aí, naquele entrelugar, bem no meio do que era a casa e da rotina que sempre tinha e do que seria a vida deles a partir de agora, com a casa que também era, entre todas as coisas, a morte do irmão. A tia insistiu, balançando a mão estendida com energia e repetindo: – Vem cá, Maria. Não faça essa desfeita com Rui, ele gostaria dessa despedida.

– E como ele vai saber? – Longe demais era uma expressão usada o tempo inteiro para as crianças, sempre quando elas estavam prestes a apanhar alguém dizia vocês foram longe demais e chineladas ou, então, vocês foram longe demais e algum sermão que eles tinham de fazer esforço para não revirar os olhos ou, ainda, o momento em que alguém corajosamente soltava um pio depois que um dos adultos tinha dito que não queria ouvir mais nenhum pio. Longe demais era sempre um momento palpável, sabiam identificar, sabiam dizer quando tinham extrapolado as linhas impostas pela autoridade e estavam sendo audaciosos e respondões e todas as coisas das quais eram acusados todas as vezes que demonstravam alguma vontade própria que não era a vontade de um dos pais. Sabiam tanto o que significava ter ido longe demais que, nesse momento, tanto Maria quanto Germano puderam sentir que nunca antes nenhum deles tinha ido tão longe, porque ninguém falou nada, ninguém contestou, ninguém avisou tu foi longe demais, o silêncio e os olhares que todos trocaram, a mãe levantando a cabeça que até então mirava o chão ou o corpinho do filho, o pai retirando as mãos do rosto e se virando para Maria, todos em silêncio, todos sem falar nada, e Maria sentiu o peso do que disse em voz alta e que, por mais que todos esperassem há tempos, transformar em palavras fez com que fosse real. No fim, ninguém carregou o fardo de contar a ela da morte do irmão, e ela seria a responsável por dizer isso para todo mundo: o irmão está morto.

— Então venha por ti, se não vier, tu vai te arrepender depois — continuou a tia, que agora já tinha baixado a mão que chamava Maria e parecia ofendida a ponto de não sentir diferença alguma se Maria fosse ou não até o irmão morto, e Maria foi.

Uma coisa que parecia não ter cabimento algum é que depois que a vida acaba existem coisas que precisam ser feitas e, aparentemente, leva um bom tempo até tudo acabar de vez. Quando se gira em torno da morte iminente, ainda se gira em torno da vida, mas depois tudo meio que deixa de fazer sentido. Era a um corpo vazio que serviam todos eles em todas as funções que precisavam ser organizadas e que foram assumidas pelos tios. Maria ficou muito consternada com quão tranquilos e eficientes eles dois estavam para dar conta daquilo que precisava ser feito, e também ficou muito consternada com a quantidade de coisas que precisavam ser feitas. Nunca tinha reparado nas necessidades exatas e urgentes que sucedem a morte e, quando perguntou a Germano se ele já tinha pensado sobre isso, o primo respondeu que tudo era meio óbvio, mas que nunca tinha pensado em nada direito, apenas na ideia de que na morte chovia, obrigatoriamente, embora eles já tivessem ido várias vezes a velórios de velhos que morriam em dias de muito sol. Lembraram de quando a vó morreu e o caixão dela ficou durante um dia inteiro e uma noite inteira dentro da sala de casa, com velas acesas e pessoas rezando sem parar. Na época, nenhum dos dois prestou muita atenção no assunto, nenhum dos três, na verdade, porque, quando a vó morreu, Rui era tão real quanto os dois. Do dia do velório dela, o que lembrava era dos três e mais outras crianças da vizinhança correndo por toda a casa, brincando de esconde-esconde, quando Maria deu um berro ao ser encontrada por um dos amigos. O berro escapou, embora a brincadeira toda fosse muito silenciosa, o máximo de silêncio que podiam fazer enquanto contavam baixinho até trinta e saíam se esgueirando entre as pessoas no local, mas Maria deu um berro e estava justamente perto da mãe, que a agarrou pelo braço, os olhos encharcados das lágrimas que chorava pela sogra. A mãe chacoalhou Maria com tanta força que ela pensou que ia desmontar, e disse baixinho da próxima vez eu te arranco os cabelos, e disse também se eu te vir correndo por aí tu vai ver, e quando Maria ia dizer mas o Rui também tá brincando e mas todos estão brincando e mas é só comigo que tu faz isso, quando ela abriu a boca para dizer mas, sentiu vontade de chorar, olhou para o lado e o pai e o tio estavam sentados em um sofá, um ao lado do outro, os dois em silêncio e com os rostos molhados, um ao lado do outro chorando juntos e em silêncio e, logo depois disso, havia um padre também e o padre falou alguma coisa, bem naquela hora, o padre falou algo de que Maria não lembra e Germano também não lembra, e então, bem naquela hora que o padre falou, a mãe puxou Maria pelo braço, sem violência dessa vez, e colocou a filha de frente para o caixão, parando atrás de Maria e cruzando os braços de mãe no seu peito e Maria se lembra muito fortemente disso, do momento em que o padre falou e a mãe lhe puxou sem violência e ela olhou para a frente e viu, na altura de seus olhos, o rosto branco e cadavérico da vó, daquela vó que lhe chamava de minha menina e que lhe contou os segredos da casa e que era, também, a única vó que ela tinha e que o agora daquele momento faria ser o último momento em que Maria veria aquele rosto, e tudo isso tão junto, tudo isso tão forte e dramático que Maria lembra de começar a chorar desesperadamente, a mãe atrás dela chorando também, o pai agora parado do lado da mãe, bem-vestido, diferente de todos os outros dias do ano em que ele usava uma calça rasgada e camisas manchadas que, mesmo limpas, pareciam detonadas, e Maria sentia o cheiro bom do pai, cheiro de perfume ou de um creme que ele passava depois de fazer a barba e que não tinha nada a ver com o cheiro que o pai emanava todos os dias e, quando o pai parou ao lado da mãe, trouxe junto consigo Rui, e Rui pegou na mão de Maria, e do lado do pai estava o tio, e do lado do tio estava a tia, e entre eles estava Germano, e todos choravam porque perdiam a vó, e o caixão se fechou. Maria já tinha visto vários caixões se fecharem diante de si, mas daquela vez tinha sido diferente, e agora, enquanto ela e Germano estavam parados, sentados no sofá da sala, percebia que aquele negócio que as pessoas dizem por aí, que a morte é uma coisa natural, só faz sentido se a morte é de alguém que tanto faz, porque, quando é de alguém que você realmente ama, é apenas injusto.

– Mas quando a vó morreu, não tava chovendo. – Isso foi uma pergunta que Germano entendeu.

É que agora é o Rui, é mais triste que quando é a vó de alguém, mesmo que a vó seja a nossa. Eu acho que a morte do Rui é a morte mais triste do mundo.

Maria disse eu também, quando a tia puxou os dois, um por cada braço, e os arrastou gentilmente até a cozinha da parte de lá da casa para servir o café da manhã. Ela cortou duas fatias de pão, passou geleia e encheu dois copos com leite gelado. Eles não quiseram comer e disseram que não queriam comer, ao que a tia respondeu que não tinha problema, mas ia deixar tudo ali para quando quisessem, e disse isso apressada, saindo da cozinha, dando um beijo em cada cabeça e deixando que eles decidissem se queriam comer e quando queriam comer. Maria percebia que a tia mordia a parte interna dos lábios e isso provavelmente queria dizer que ela sentia que precisava ser a mais forte do lugar, e que as lágrimas que ela deixasse de derramar agora, enquanto ia atrás de coisas importantes e abandonava as crianças uma aos cuidados da outra, faria diferença no tanto que a mãe de Maria poderia desabar, e Maria pensou que, por mais que a mãe não tivesse irmãos, ela tinha a tia, que era como uma irmã para ela, e daí Maria pensou que ela mesma, agora, poderia dizer por mais que eu não tenha irmãos, tenho o Germano, que é como um irmão para mim.

    A casa estava com uma espécie de barulho silencioso, e Maria sabia que, mesmo que barulho silencioso não fosse uma coisa, de fato, era como se todo mundo fizesse tudo da forma mais suave possível e isso, a tentativa de evitar o barulho das coisas batendo nas superfícies, do chão rangendo e das portas encostando, aumentava o volume de todos esses sons, porque era como se a intenção fosse muito barulhenta. Não era nada normal. Maria não voltou ao quarto do irmão e, por um tempo que pareceu muito, ela e Germano acompanharam da cozinha da parte de lá da casa toda a movimentação que passava pela área, as vozes baixas que não chegavam a ser um sussurro, vindas lá de fora. Maria não sabia como existir naquele momento e puxou Germano pelo braço para que fossem os dois lá para a área. Saindo da porta de casa, sentaram cada um em uma cadeira que estava encostada na parede, uma planta enorme ao lado de Maria; Germano, Maria e a planta, um do lado do outro, a planta, só folhas, balançando a cada soprada de vento, de um lado para o outro e para a frente e para trás, se mexendo tanto a cada vento, que fazia os dois parecerem ainda mais parados e imóveis e estáticos, que são todas palavras para a mesma coisa, e então Maria pensou que a imobilidade dela se justificava porque ela não sabia como existir naquele momento e talvez o primo, talvez Germano, que perdeu um melhor amigo e alguém sobre quem ele provavelmente diria eu não tenho irmãos, mas tenho Maria e Rui, e eles são como irmãos para mim, talvez o próprio Germano, naquele momento, não soubesse como existir e, parado ao lado de Maria, sem se mexer de forma alguma e sem querer se mexer, respirando quase o mínimo possível, porque talvez ele, assim como Maria, naquele momento em que estavam sentados um ao lado do outro, vendo as coisas acontecendo como quem pede desculpas por acontecer, quisesse olhar para todo mundo e pedir desculpas também, desculpas por ter sido ele e não eu.

Durante algum tempo, viram o que acontecia por meio de quem passava pela área: veio um médico primeiro, e pode ser que Germano teria gostado de comentar que ele sabia disso, que, quando uma pessoa está em casa e morre, é preciso que venha um médico até o local dizer que ela está mesmo morta e dar um atestado de óbito que diz onde ela morreu e como morreu e também por que ela morreu. Foi o tio que acompanhou o médico até dentro da casa e, pouco tempo depois, de dentro da casa até o carro que estava parado esperando na entrada da estradinha, e Maria teria gostado de comentar que ela achava muito emocionante que o tio estivesse ajudando tanto e sendo tão prestativo, e que irmãos eram mesmo importantes demais, e foi o tio também quem acompanhou outro homem que chegou em um carro muito comprido e entrou arrastando tipo uma tábua e um ajudante no seu encalço, ambos muito exageradamente silenciosos e que saíram carregando cada um a ponta daquela tábua e, em cima da tábua, tinha algo que com certeza era o corpo de Rui, e Maria pensou que, nessa hora, Germano quem sabe teria gostado muito de chorar e se abraçar na mãe, e ela própria pensou que, nessa hora, queria poder pensar em outra coisa que não em como aquilo que era levado pelos homens naquela tábua e colocado dentro daquele carro comprido, em como aquilo podia ser feito de qualquer matéria, ser qualquer coisa e objeto, mas não podia ser o irmão, porque Rui era um menino que estava doente, mas estava no quarto ao lado, e estava a ponto de morrer, mas não morria, estava em dor e era tão sábio por isso e era alguém, assim como ela, alguém de carne e osso e que valia e era especial. Aquele corpo era como se fosse a própria casa, uma construção muito maior do que podia ser vista, porque, mais do que uma estrutura, era um lugar de histórias e sentimentos tão fortes que ela, mais uma vez, não sabia nomear. Então, enquanto o carro saía levando aquilo que era como era a casa, Maria disse para Germano eu acho que o corpo de Rui é como essa casa é.

– E o que essa casa é?

– Não assim, eu não sei dizer assim o que essa casa é, mas eu sei explicar o que a casa é.

E então, enquanto os dois estavam ali, um sentado do lado do outro, do lado de uma folhagem que se mexia como se nada mais que o vento estivesse acontecendo, durante um tempo que eles não sabiam medir, porque sabiam que, naquele dia, o mais importante que podiam fazer era desaparecer e não estar nos pés de ninguém e se bastarem como nunca tinham se bastando antes, então, nesse tempo todo, Maria contou para Germano a história que lembrava de a vó ter contado anos atrás e, quando o primo não entendeu, Maria explicou de novo e percebeu que, talvez, houvesse coisas que ela entendia com mais facilidade só porque era menina, porque sabia que Germano era tão inteligente quanto ela e, assim, pensou também que, talvez, houvesse coisas que ela só sentia porque era menina, sentimentos que a atravessavam e enchiam de culpa e também que eram incontroláveis. Explicou que Rui era como a casa porque não se encerrava naquele corpo, porque eles tinham de ser capazes de dizer em voz alta e aceitar, com toda a coragem que o próprio Rui merecia, que aquilo que acabou de passar, aquilo que viram entrar naquele carro e sair pela estradinha era a mesma coisa que tinham visto tão assustadoramente imóvel deitado na cama de Rui e que estava na cama de Rui porque era o próprio Rui, alguém que era muito mais do que aquele corpo que logo logo passaria, mas que também era aquele corpo que estava prestes a ser enterrado. A casa era história e estrutura, sentimentos e abrigo e era isso que Rui também era, história e corpo, terminados, sim, mas também e ainda dignos de sentimentos, e um abrigo para eles dois, que agora eram só os dois, fisicamente, mas que sempre teriam a presença do caçula. Dessa vez, porque não tinham como e porque agora entenderam que deveriam prestar esse tipo de homenagem, dessa vez os dois choraram, Maria e Germano deixaram as lágrimas rolarem pelo rosto enquanto viviam seu próprio luto e, quando uma voz bem dentro de Maria sussurrou em sua cabeça que ela deveria, na verdade, estar feliz, porque ela tinha desejado isso tantas vezes antes, ela nem tentou explicar para a voz nem tentou se desculpar ou aplacar a culpa. Ela sabia que tudo o que sentia era uma tristeza muito pura e genuína, e que não tinha pedacinho nenhum do seu ser que teria escolhido isso se tivesse tido, nem que fosse por um segundo, uma oportunidade de escolha. Maria nunca se sentiu tão sozinha.

Estavam chorando em silêncio, sentados olhando para a frente, um olhar perdido no nada, de mãos dadas os dois, quando a tia saiu de dentro da casa e disse que deveriam comer alguma coisa e que iriam comer mesmo que não quisessem e que depois deveriam tomar banho. Ela foi muito gentil e se sentou numa das cadeiras e puxou os dois para o colo, cada um em um joelho, com a cabeça deitada em cada lado do seu pescoço, e o pescoço da tia tinha um cheiro doce de pele no qual Maria reparava pela primeira vez. Maria só percebeu que precisava muito de um colo depois do colo da tia, que preparou um almoço rápido enquanto um depois do outro tomavam banho.

– Tá tudo bem, anjo? – a tia perguntou, enquanto Maria estava sentada em uma cadeira diante da mesa, esperando a comida ficar pronta e a sua vez de tomar banho. Não conseguiu responder porque, quando abriu a boca, tudo o que saiu foi um soluço, e ela se entregou mais uma vez às lágrimas.

– Oh, meu amor, eu sei... – E a tia largou o que cozinhava no fogão, puxou uma cadeira, se sentou e puxou Maria para mais um pouco de colo e de abraço. Maria queria saber como estariam seus pais, se, do lado de lá da casa, o pai conseguia formular alguma palavra para consolar a mãe e a si próprio, se, do lado de lá, o pai estava chorando também ou se sentia necessidade de permanecer impassível e forte porque a mãe estaria a um passo do desmoronamento total, a linha tênue que a permitiu atravessar os dias pelos últimos anos totalmente partida, e um coração tão quebrado que não era mais possível identificar uma forma de corpo. De repente, Maria foi tomada por um pavor crescente de que, com o fim do irmão, a própria mãe se desintegrasse, perdesse as formas e os jeitos que a faziam ser ela, que, com a morte de Rui, a mãe, que agora era mãe apenas de Maria, deixasse completamente de ser. Temia que a mãe tivesse deixado de existir de uma forma tão intensa que ela própria olharia para aquela mulher chorando à beira de um caixão e não a reconheceria ou sentiria nada e isso, a tristeza por essa segunda perda, fez Maria chorar tão forte e tão alto e com tanto desespero que a tia se desesperou também, tentando em vão dizer calma, minha filha, calma, e Maria não sentia que conseguiria algum dia voltar a ter calma, porque tinha acabado de perder o irmão e sentia uma culpa arrebatadora por uma morte que nunca esteve sob seu controle, mas que ela desejou, e, além disso, além de perder o irmão, ela sabia, com toda a certeza do mundo, que tinha perdido a mãe também, que a mulher que estava do lado de lá da casa e que estava antes sentada em uma cadeira ao lado da cama do irmão morto e que provavelmente fazia com que o pai mantivesse a calma e não derramasse lágrima nenhuma, ao menos não agora, já não era mais alguém, e Maria não conseguia explicar a dor que sentia no peito porque ela ainda sabia quem era, sabia a forma que tinha e, apesar de toda a dor e culpa, ainda tinha uma forma, mas quando a tia pedia meu amor, o que foi, ela não conseguia dizer essas palavras, não conseguia dizer nada, só conseguia sentir que ela ainda tinha uma forma, mas que a mãe, do outro lado, devia ter se desintegrado de tanta tristeza, e Maria estava se dando conta de uma coisa que seus desejos mais íntimos não tinham percebido, que era que a morte do irmão causaria uma desintegração da mãe, que seguiria existindo, mas deixaria de ser, e que a vontade de que Rui enfim morresse para voltar a se conectar com aquela mulher era uma vontade impossível, porque assim que Rui deixasse de existir, aquela mulher, aquela exata mulher que era a mãe do Rui e que estava ausente e que Maria amava acima de todas as coisas, aquela mulher também deixaria de existir, e Maria sentia um desespero e uma dor muito forte em seu peito porque tinha acabado de perceber que uma vida em que ela, exatamente quem ela era e a mãe, exatamente quem a mãe tinha sido, nunca mais seria possível, porque a mãe já não poderia ser, e, enquanto ela gritava inconsolavelmente, viu que uma mulher entrou pela porta e lhe tomou nos braços, lhe apertou contra o peito e lhe disse que ficasse bem e que tudo ficaria bem, e Maria não percebeu quem a mulher era até que, em algum lugar que devia ser sua alma, Maria percebeu um cheiro muito sutil de cigarro e de doce e de leite e de todas as coisas, porque aquela mulher era a mãe.

Como tu está, Maria, me conte como tu te sente, as coisas em que está pensando e as coisas que está sentindo e o que imagina que vá acontecer daqui pra frente, e me conte também como te sente com relação às coisas que tu acha que vão acontecer daqui pra frente, mas isso depois, primeiro eu quero, meu amor, minha Maria, que tu me conte como te sente com todas as coisas que estão acontecendo agora, nesse momento, o que tu sente, eu quero saber tudo, o que tu pensa e a forma como pensa, porque é muito importante pra mim, meu amorzinho, saber exatamente o que está acontecendo contigo, então me diga, neste momento, neste exato momento em que estamos aqui as duas, nós duas, uma de frente pra outra e olhando uma nos olhos da outra, tão próximas como há tempo não estávamos, porque estamos passando pela mesma coisa agora, nós duas, meu amor, me conte, por favor, como tu te sente, que eu vou, também, porque estamos aqui as duas, contar como eu me sinto, meu amor, mas antes tu, antes tu fala, porque faz tempo que tu não fala, meu amorzinho, qual tua voz, hein, eu acho que esqueci a tua voz, então deve ter tanta coisa que tu quer falar, não é mesmo, eu imagino que, sim, tu quer chorar, porque se tu quiser chorar, tu sabe que pode, sabe que eu sempre vou estar aqui pra enxugar as tuas lágrimas, não sabe, eu sempre, meu amor, vou estar aqui pra ti também, pelo tanto que tu importa e como tu importa e eu preciso que saiba que importa tanto tanto aqui, tanto que eu estou aqui, olhos nos olhos, contigo, minha pequena, parada e disposta a ouvir tudo o que tu tem a dizer, e deve ser tanto o que tem a compartilhar comigo, porque, meu deus, quanto tempo, não é mesmo, meu amor, tanto tanto tempo que a gente não senta e não conversa, e eu quero também pedir desculpas, muitas desculpas, meu amor, muitas muitas desculpas, porque eu não estou certa, eu sei que nao estou certa de forma alguma, então antes que tu fale, antes que me diga exatamente como se sente, eu quero que saiba que eu sinto muito, eu e teu pai, nós dois sentimos muito por todo o tempo em que não demos conta, mas tu é uma menina tão madura e inteligente que tudo que eu preciso, e eu sei que isso acontece, é que tu entenda, que entenda que talvez eu não fui tão forte como tu precisava nem tão forte quanto o Rui precisava e talvez eu não tenha mais força alguma, mas isso acontece, não é mesmo, é, sim, acontece, meu amor, e eu quero que tu saiba que eu me culpo o tempo inteiro e um monte, e que se tu não quiser, não precisa me culpar porque eu imagino, meu amor, como isso deve ser difícil também e antes de tudo, antes ainda, um pouco antes que tu fale, eu quero que saiba também que de forma alguma eu te culpo, eu não te culpo por coisa alguma e de forma alguma eu preferiria que tivesse sido contigo e de forma alguma eu teria trocado qualquer coisa ou qualquer pessoa, eu só queria mesmo que as coisas não precisassem de forma alguma ter sido assim, mas acho que agora, dito tudo isso, acho que agora eu posso pedir, por favor, meu amor, me conte sobre ti, como tu te sente agora, neste momento exato e, antes deste momento exato, como tu te sentiu antes, em todos os dias que antecederam este momento, quais todos os acontecimentos que fizeram com que tu te sentisse exatamente assim, todos mesmo, eu quero saber as coisas boas e as ruins e quero saber se tu me odiou e todas as vezes em que me odiou, tu pode, meu amor, me contar todas as vezes em que acordou me odiando e foi dormir me odiando, e eu vou ouvir sobre cada uma dessas vezes e nunca vou te odiar de volta só porque tu me odiou, porque tu pode me odiar, tem esse direito, mesmo agora, se é assim que te sente, com necessidade de me odiar, mesmo agora eu aceito e te amo e te amo mais ainda por toda vez que tu decidiu me odiar, não decidiu, eu sei que talvez nem sempre tenha sido uma escolha, mas te amo mais ainda por toda vez em que me odiou e sofreu por me odiar e cada uma dessas vezes conta e eu preciso que tu me conte agora, assim, querida e amor meu, sobre as vezes em que me odiou e então, além de saber sobre todos os momentos que fizeram com que tu te sinta exatamente como te sente agora, que eu não sei como é, mas vou saber daqui a pouco, porque tu vai me contar, então além disso e de como te sentiu nos dias que te trouxeram até aqui, eu quero, meu amor, que tu me diga como tu te sente sobre todos os dias que acontecerão a partir de agora, o que tu espera desses dias, Maria, e o que tu espera de mim, meu amor, e me diga tudo pra eu ao menos saber todas as vezes em que eu vou falhar contigo, porque agora eu não tenho mais justificativa pra falhar tanto contigo, não é mesmo, meu amor, não tenho, não, apenas tristeza, mas a tristeza eu sinto faz tanto tempo que agora eu só vou seguir triste, então quero saber todas as vezes em que eu vou falhar contigo, eu quero saber agora mesmo, desde já, todas as vezes que tu vai me odiar no futuro e eu já sei, meu amor, que cada ódio seu é culpa minha, mas me conte, Maria, fale tudo, de agora, principalmente, meu amor, como tu te sente?

Maria não sabia dizer qual era cor de um dia como aquele e, por algum tempo que pode ter sido horas, ela também não sabia precisar a passagem do tempo daquele dia, mas durante todo o tempo em que entendeu que não deveria ficar embaixo dos pés de ninguém e em que tudo o que queria com força era ela própria sumir, a noção de que deveria haver alguma cor muito específica para aquele dia foi tudo em que ela conseguiu pensar e tentar definir qual era a cor de um dia roubado do calendário, de um dia que todos lembrariam para sempre como um dia cinza, embora não fosse cinza, mas isso não faz diferença, porque as pessoas acham que cinza é a cor para a tristeza, mas Maria discordava com veemência disso, de o cinza ser a cor da tristeza, ao menos daquela tristeza, porque isso seria nomeável, se fosse cinza, era facilmente possível definir uma cor e uma densidade, e cinza eram todos os dias tristes sobre todas as coisas tristes que existiam no mundo para Maria, mas não aquele dia, aquele dia, o roubado do calendário, era de uma cor diferente, uma cor que Maria tentava com força descobrir, embora, a princípio e por princípio, isso fosse uma coisa indefinível, já que como se define um dia roubado do calendário? Como se definem as coisas quando as coisas deixam de existir? Como se define a cor de um buraco que não é um buraco de verdade? Porque Maria sabia que aquele dia não era um buraco, mas era como se fosse, porque era um lugar que, de repente, ficava sem coisa nenhuma, sem terra, sem nada, e era o que aquele dia era, assim, desde a manhã, desde o grito da mãe, que foi um grito que também não tinha como ser definido por som nenhum, que som tinha o grito que a mãe deu naquela manhã? E mais ainda, como pôde a mãe ter forças para gritar, depois de todos os últimos dias, como pôde, ainda, existir dentro da mãe uma força tão sobre-humana que parecia, inclusive, sobre-humana como a mãe nos últimos dias, que não comia e que não dormia e que não fazia nada, a não ser dar um amor que Maria também nunca tinha visto e chorar escondida tantas lágrimas quanto dois olhos pudessem chorar e estar em tantos lugares quanto um corpo pudesse estar, e, naqueles últimos dias, Maria também pensava que talvez ser mãe fosse ter a capacidade de fazer exatamente o que a mãe fazia, de ocupar cada centímetro de espaço e de sentimento e, mesmo assim, mesmo depois de constatar que a mãe era uma figura sobre-humana e vir constatando isso nos últimos dias todos, mesmo assim, Maria sentiu que todo o desespero que já tinha sentido antes na vida, cada pequeno desespero por cada pequena coisa, cada rejeição, cada abandono, cada medo de dormir, cada saudade do irmão, infinitas vezes o momento em que ela entendeu o significado da palavra terminal quando a palavra terminal estava direcionada ao irmão, infinitas vezes, também, em que ela sentiu o desespero da culpa depois de sentir a urgência pelo fim, todas essas vezes juntas, todo esse desespero somado, não chegava perto de ser relacionado ao que Maria percebeu naquela manhã, naquela hora tão indefinida que ainda era noite, enquanto estava deitada olhando para o teto e ansiosa por não conseguir dormir e por não conseguir dormir há tempos, tudo isso não foi o suficiente para Maria conseguir nomear o desespero que sentiu quando ouviu a mãe gritando, e agora ela pensava também que, se o grito da mãe tivesse uma cor, será que existiria uma só cor possível para defini-lo, ou todas as cores seriam possíveis para contê-lo? Ou será que a espiral de cores na qual Maria pensava para o grito da mãe, uns círculos vermelhos saindo, dentro de círculos pretos entrecortados por círculos marrons, e todos esses círculos de todas essas cores em um movimento contínuo e muito veloz, um tipo de movimento que também lembrava para Maria o desespero, algo como ser tragada para dentro de algo, tudo isso rápido demais, e essas cores todas eram a cor do grito da mãe naquele dia, mas a cor do grito da mãe naquele dia não servia para definir a cor do dia em si, porque a cor do dia não chegava de nenhuma forma até Maria, e, quando ela desistiu de tentar, quando aceitou que, quem sabe, daqui a alguns anos, quando estivesse fazendo qualquer outra coisa da vida, como um bolo ou lavando a louça ou dando banho em sua própria filha ou tirando leite das vacas ou varrendo o pátio ou tomando chimarrão na frente de casa com várias mulheres que paravam todas às três da tarde, talvez nesse dia ela simplesmente sentisse que o dia do grito da mãe, esse dia roubado no calendário, não tinha mais como ser nomeado, mas tinha, sim, uma cor toda própria, toda dele, e nesse dia ela saberia qual seria essa cor e talvez agora não soubesse porque ainda não conhecia as cores todas do mundo ou as combinações possíveis ou mesmo não soubesse nomear as coisas porque ainda faltava tanto para saber, mas Maria pensou que, sobre o dia de hoje, tinha uma coisa que ela sabia, uma coisa tão específica quanto a espiral do grito da mãe, que era que o dia não tinha movimento nenhum, era um dia como uma imagem, uma coisa congelada cheia de rostos sérios olhando para Maria sem fazer ou falar nada, sem se mexer ou poder ir para qualquer lugar, presos estáticos numa coisa que provavelmente também não tinha nem tempo ou duração, mas ocuparia para sempre o espaço da casa, da mesma forma que uma vez a casa ocupou o espaço do vô, mas isso tudo eram apenas pensamentos de Maria e eram muitos os pensamentos de Maria, especialmente para aquele dia que escapava das palavras, não podia ser nomeado e, quem sabe então, por isso mesmo, aquele dia não tenha sido nada.

A vida sempre continua,
mas como a vida pode continuar?

A única diferença é que as manhãs são as mesmas quando deveriam ser diferentes e as necessidades são as mesmas quando deveriam ser outras e a chuva e o sol e os animais são os mesmos que eram nos dias anteriores e essa era uma grande diferença, sim. As coisas não recomeçavam, elas seguiam. Maria não tinha como saber antes que as coisas de lá de fora continuariam tão normais e tão iguais, e o resto tão pesado e horrível. Tinha o pior de todos os cenários.

Estava exausta, primeiro porque a nova rotina, aquela em que o irmão deixara de existir fisicamente, de ocupar todos os espaços de um dia com suas necessidades e sua efemeridade, trouxe uma série de obrigações que nunca fizeram parte de suas responsabilidades, porque antes, por mais que estivesse sofrendo muito, a mãe sempre estava por perto. O segundo motivo que fazia com que sua energia se esvaísse constantemente vinha do sentimento de fracasso presente nos dias seguintes à morte de Rui. A força da sensação era tão avassaladora que jogava em cima de Maria um peso muito grande e uma presença muito constante, porque, meu Deus do céu, quão ingênua teria sido Maria assim, de graça, inadvertidamente, cheia de sentimentos complicados e infelizes, durante tanto tempo, sem motivo algum, só porque imaginava que algo diferente a esperava no horizonte, como se fosse possível que algo positivamente diferente resultasse de uma morte traumática como a do irmão, como será que ela pôde achar que, depois de tanto desgaste, sua família voltaria, cada um por si, a si mesmos, como pessoas novas depois de um ponto final. Quão errado teria sido esperar tanto por essas pessoas novas, quando deveria, desde o início, ter entendido que situações assim trazem à superfície seres diferentes, e diferentes nem sempre quer dizer evoluídos ou iluminados. Quem era assim era Rui, mas dele agora era apenas memória. Tudo o que tinha, quando olhava para o lado, eram os mesmos corpos parados que carregavam uma soma de vários desesperos tristezas derrotas, e tudo isso, todo o desespero tristeza derrota, transformavam a mãe e o pai e, quem sabe, a própria Maria em pessoas diferentes, que já não esperavam as mesmas coisas da vida. Na verdade, olhando para o lado assim, de um jeito que aparentemente só ela ainda se importava em olhar, olhando para o lado, era possível perceber que eles já não esperavam nada, nem o pai e, principalmente, nem a mãe, não esperavam menos, não esperavam coisas distintas, apenas esperavam nada e, pensando assim, porque era a única forma que conseguia pensar agora, Maria gostava de sentir que com ela a história era outra, porque enquanto eles estavam diferentes, sentindo que não havia mais nada lá, isso não acontecia com Maria, ela também estava tão machucada que se transformou, mas a sua mudança não abandonava a esperança. E então Maria estava exausta, cansada de corpo e cansada de alma e sem saber qual cansaço podia ser o pior, se o que vinha acompanhado pela humilhação trazida pela ingenuidade que a fizera intimamente ansiar por uma morte que a desolava ou se aquele que a fazia ser obrigada a muito mais do que acompanhar as limpezas desenfreadas da mãe pela casa, como naqueles dias bem recentes, em que a mãe achava que limpar significava fazer algo pelo filho que morria, mas que, mesmo dentro de uma tristeza profunda, ainda sentia impulsos de fazer alguma coisa.

Agora a mãe já não fazia nada. Passava horas e mais horas sentada no sofá da sala, que tanto fazia se ficasse suja ou não, era como se não fosse dela aquela sala, era como se não fosse ela que, antes, esfregava cada centímetro de madeira com uma mania irritante. Agora o cômodo poderia ter todo o pó do mundo acumulado em todos os cantos, todo aquele pó que Maria queria raivosamente que tivesse no dia em que o irmão voltou para casa pela última vez, poucas semanas atrás, mas que seria impossível por causa da loucura da mãe, que agora já não fazia nada. Tão triste olhar para aquela mulher, que, de longe e de perto, parecia ter a mesma luz e vida que o corpo do Rui deitado na caminha alta em que morreu, e essa apatia era coisa de todo dia, manhã após manhã e tarde após tarde, todos os dias a mãe era uma pessoa em quem não existia mais nada.

Teve uma tarde, cerca de duas semanas depois da morte de Rui, que Maria passou horas parada, sentada em um cantinho da sala, ao lado da estante e da porta que levava até a cozinha, quase comprimida, cabendo naquele espaço de parede, apenas olhando para a mãe, que estava enrolada em um cobertor, apesar dos dias ainda de calor. Ela tinha o olhar focado em algum ponto que, na verdade, não era ponto nenhum, apenas olhava para a frente, perdida nas pequenas cerâmicas que Maria já deixou sem limpar, sua pequena rebeldia, que não eram nem bonitas, nem interessantes, nem especiais, nem nada, eram apenas o infinito em que a mãe se perdia. Maria passou a tarde sentada naquele canto, olhando para a mãe sentada no sofá. Quando já escurecia, se deu conta de que, por mais que olhasse para a mãe, por mais que seus olhos focassem em algo real, e não em devaneios e vazios e impossibilidades, mesmo assim, o que fez naquela tarde não foi muito diferente do que aquilo que a mãe fazia dia após dia, ficar sentada, inerte, olhando para o nada. Perceber que fora igual à mãe e a sensação de estar, pouco a pouco, se transformando num espelho daquela mulher foi, ao mesmo tempo, aterrorizante e asqueroso, porque Maria não era a mãe, nem de perto era a mãe, e muito menos se transformaria na mãe, nem que para isso precisasse estar permanentemente consciente de si mesma, daqui para frente, sempre consciente, percebendo e avaliando cada um de seus próprios movimentos, se perguntando se o fantasma que era a mãe agiria de forma parecida, e fantasma que era a mãe porque o que seria isso, se não um fantasma alma penada assombração e, se sim, se por um segundo ela achasse que a mãe agiria exatamente daquela maneira, não importa o que fosse, nem como fosse, nem o quanto ela quisesse fazer determinada coisa, abriria mão, era só ter a impressão de que seria aquilo que faria a mãe fantasma, que zanzava pela casa e passava reto por todas as coisas, como se transpassasse todas as coisas, que eram um obstáculo sem graça para um corpo sem vida, e Maria sabia o peso que um corpo sem vida tinha e, mesmo assim, mesmo sabendo o que era um corpo sem vida e o que fazia um corpo sem vida, mesmo assim, ela olhava para a mãe e pensava em um corpo sem vida. Abalada pela possibilidade e já na penumbra da sala escurecida,

Maria se levantou, andou até o sofá e se sentou ao lado da mãe. Venceu a repulsa que sentia de ambas agora, tanto da mãe ali sentada quanto de si própria, espelho da mãe, e passou a mão pelo cabelo sujo da progenitora, que seguiu parada, sentada, fitando o nada, sem reação nenhuma ao toque da filha. O coração de Maria deu voltas e mais voltas, podia senti-lo se revirando em seu peito. Se contorceu de nojo, de raiva e de pena também, porque, no fim, a mãe era, ela própria, essa espécie de pessoa morta que apenas tem o fardo de seguir existindo e, ainda mais, por fim, essa falta toda de reação trouxe o alívio – prova irrefutável de que Maria não era outra da mãe, porque, enquanto tudo o que a mãe conseguia era ser ausência, Maria ainda estava inteira ali.

    A tentativa diária de se afastar da mãe, deixar claras as diferenças entre as duas, se convencer de todas as maneiras de que ela, Maria, sempre seria ela mesma, Maria, e não a mãe nem uma versão da mãe, acabava frustrada, de certa forma, pelo pai, que infligia sua própria ausência, mais prática e palpável, mas que cobrava de Maria responsabilidades e obrigações das quais ela não conseguia dar conta. Frequentemente, chegava em casa bêbado e exigia milhares de coisas, como se fosse ele a criança. Virar uma criança era uma das formas de o pai sofrer a morte do próprio filho. Precisava de tudo na mão e exigia coisas que era ele quem tinha de prover para Maria, e não o contrário. Não fosse a tia, que estava sempre ali, Maria já teria quebrado. Mas a tia ajudava com tudo na parte de cá da casa, só que ela também era sozinha em todas as outras tarefas, então existiam prioridades que fugiam das coisas mais básicas, como uma casa impecável, e uma casa impecável era exatamente o que o pai bêbado cobrava de Maria quando chegava tarde da noite. Provavelmente, tinha acostumado. Outras vezes, ele cismava com alguma comida específica que não tinha pronta e que nem teria pronta porque Maria não sabia fazer. Tentava evitar conflito porque, por mais que odiasse o silêncio, também não gostava dos gritos. Gritos eram, na verdade, outra forma de fazer silêncio. Era injusto ter de se esforçar todo dia para dar conta de obrigações que caíram de repente em seu colo só porque era filha e tinha de obedecer, sendo que ninguém se preocupava muito em ocupar o lugar de pais naquela casa. Enquanto esfregava as calças cheias de barro e pesticida no tanque, tarefa que certamente seria concluída pela tia, prometia que nunca nunquinha se casaria, porque olha só as cobranças que o pai fazia, e só cobrava dela porque não tinha como cobrar da mãe, que estava perdida em algum lugar dentro de si mesma e jurava, de pés juntinhos, que nunca nunquinha seria para nenhuma outra pessoa essa cuidadora e fornecedora irrestrita, porque claramente era isso que o pai esperava da mãe, alguém que lhe cuidasse e que lhe servisse e cozinhasse e lavasse a roupa e limpasse a casa e fizesse todas as coisas que ele era incapaz de fazer por si mesmo, e daí ela teve de pensar mais uma vez que, provavelmente, também nunca poderia ter filhos porque não estava, ela também, mesmo com doze anos já, esperando todas essas coisas da mãe?

Maria queria entender, e entender fazia com que perdesse cada vez mais tempo olhando para a mãe, enquanto se convencia de que seu estar parada era completamente diferente do estar parada em que a mãe vivia. Sentia que a mãe tinha desistido, mas sentia também que a desistência poderia ser temporária, um sofrimento que se alastra tanto e é tão forte que, em algum momento, se expande e vira uma matéria própria, como se fosse outra pessoa, alguém que acompanha e está sempre no encalço, mas que se desprende e se isola. Como se, daqui a pouco, a mãe voltasse a estar presente, num estado de sofrimento contínuo e calmo e, por isso mesmo, normal. Se perdia olhando para aquele rosto triste, que já tinha muitas rugas e uma imensa área roxa sob os olhos e em volta da boca. A pele tinha adquirido um aspecto esbranquiçado e, nos dias em que estava apenas triste, Maria se esforçava para não pensar muito nessa semelhança, mas geralmente sentia raiva o tempo inteiro, o tempo inteiro raiva de tudo e de todos, e aquela pele esbranquiçada e manchada era a mesma pele de Rui quando foi enterrado, uma pele nojenta exatamente pelo fato de não fazer mais sentido, de ser o invólucro de mais nada. Chorou quando se olhou no espelho que ficava pendurado atrás da porta do banheiro e a imagem refletida era a mesma que passava o dia inteiro encarando, uma pele esbranquiçada doente, manchada e também escurecida. Que desconcertante a sensação de que seu próprio corpo ia contra todas as suas vontades, porque seus olhos eram os olhos de sua mãe e o formato de sua boca era o formato da boca da mãe e o nariz era quase o mesmo nariz que o da mãe e, se antes as pessoas diziam, meu Deus, como vocês são parecidas, essa aqui saiu a cara da mãe, ainda bem, né, pensar que a gente carrega por nove meses para depois sair uma cópia do pai, e risadas, elas diziam por qualquer motivo, porque é esse o tipo de coisa que se diz aos pais e filhos e que deixava, até então, todo mundo muito orgulhoso da semelhança passada e recebida, agora, se olhando no espelho, se sentia quase fadada a si mesma, a mãe seria tragada para dentro do seu próprio abismo e sobraria ali Maria para cozinhar para o pai, que também tinha sido tragado para dentro do próprio abismo, e para remoer culpas que, por mais que fossem diferentes, seriam sempre culpas, mas nisso sabia que teria a companhia da mãe, porque quem diz que a mãe não se culpa pela morte de Rui, se se culpar por todos os males que acontecem aos filhos é coisa de mãe também, e era isso o que sempre ouviu dizerem.

Não sabia dizer que cor esses dias pareciam ter, assim como aconteceu na morte de Rui. Não importava se fizesse sol ou chuva, ou mesmo que estivesse nublado, era como se os dias, na verdade, fossem borrões, mas borrões não são cores, mas também não sabia como definir o que eram borrões. As cores lá fora eram as mesmas que as de todos os dias anteriores, mas aquela cor que dava a sensação da vida era o que Maria não sabia mais identificar. Talvez, quando tudo voltasse ao normal, olharia para trás e conseguiria ver o que a proximidade impedia, talvez ela própria fosse cheia de uma cor que não via, isso devia existir, estar perto demais deve fazer a pessoa perder um pouco da noção do que está acontecendo, e pode ser que tenha sido exatamente por isso que achou que a morte do irmão traria um resultado diferente – estava tão imersa no caos que não teve tempo de refletir sobre o assunto. É sempre mais fácil falar com certeza sobre alguém do que sobre si mesmo, e é sempre mais fácil emitir juízos sobre um ele, e não sobre um eu.

Germano poderia ter ajudado a ver as coisas com mais precisão nessa fase de luto, mas para isso ela teria de ter contado ao primo como se sentia, e ela também sabia que as coisas mais sinistras merecem ficar guardadas a quatro chaves dentro de si, porque pior que se culpar muito por alguma coisa deve ser se culpar e ainda ser julgada. Tu consegue lidar com a vulnerabilidade de não esconder quem é de verdade? Ninguém a culparia pela morte do irmão porque ninguém teve culpa de Rui ter ficado doente e ter morrido, mas ela seria apontada como uma pessoa desprezível que esperou muito pela morte do irmão, e esse desejo era tão horrível que ninguém levaria em conta que ela sofreu muito, porque, enquanto a morte do irmão era uma certeza, ela era incapaz de controlar a si mesma. Se pudesse, sempre teria escolhido a vida de Rui. Voltaria até o dia em que estavam todos tomando banho de mangueira e para os dias antes de todos tomarem banho de mangueira, quando ela e Germano já tinham visto as manchas na pele do irmão, voltaria com alegria lá para trás e pularia tudo, apagaria aqueles dias da linha do tempo da vida, como se congelar o tempo e passar por ele como se fosse uma ponte evitaria de a doença ser descoberta e, mais ainda, como se a doença fosse algo que só aconteceu a partir do momento em que alguém olhou para ela e, nesse caso, foi logo depois que a mãe olhou para as manchas de Rui, e que coisa mais cruel esse pensamento, uma mentira que não fazia sentido nenhum, mas, mesmo assim, foi só vê-la pela primeira vez para que ninguém nunca mais conseguisse desviar o olhar. *Qual é a origem das coisas e a origem nunca é um lugar só.*

Mas falar sobre isso com Germano era uma possibilidade apenas antes, porque agora o primo a evitava o tempo inteiro e ela chegou a achar que ele suspeitava de seu desejo pela morte de Rui. Impossível. Então talvez o problema fosse encarar Maria e perceber que ela era a única que existia do lado de lá da casa. Quem sabe, para Germano, Maria fosse uma lembrança ambulante da morte de Rui, e isso parecia uma maneira saudável de lidar com os sentimentos. A escolha de distância de Germano não era sutil e, embora Maria não o culpasse, ela frequentemente o odiava por isso, porque o primo agora era a pessoa com a qual ela mais se conectava, e ele a privava dessa conexão. Será que antes disso, antes de Rui adoecer e de todas essas tristezas, será que antes disso Maria também se sentia assim, sozinha? Talvez sim e ela não prestasse atenção, mas, não, a sua solidão era apenas uma das consequências dos anos que passaram, e ela que parasse de sofrer tanto, porque, no fim, entre todas as consequências, parecia a menos prejudicada. Ansiava pela volta das aulas porque esse tinha sido um verão carregado demais, e sair de casa todos os dias, conviver com os colegas que não veriam nela apenas um fantasma e ter atividades das quais gostava para trabalhar todo final de tarde parecia animador.

    Como não tinha com quem conversar o tempo inteiro sobre tudo, porque achava que tudo só poderia dizer respeito a si mesma, passou a andar sempre com seu caderninho e sua caneta colorida por todos os cantos da casa. Tinha decidido anotar seus sentimentos porque não tinha como falar sobre eles, mas isso não diminuía a velocidade de seus pensamentos. Na sala, lágrimas já secas, se sentou no canto entre a estante e a porta da cozinha e ficou olhando para a mãe, como fazia com frequência nos últimos dias. *A mãe um dia já teve o melhor cheiro do mundo*, e tem coisas que sempre são da mãe da gente.

    A parte boa desses dias era que a parteira frequentava a casa, jogando toda a sua gordura no sofá e abrindo seus braços para receber Maria, que se aninhava em seu colo quente e interminável, sem nenhum questionamento e cheia de gratidão. No começo, era quase um evento toda vez que ela vinha, nos dias seguintes ao último dia, porque tudo estava em caos e silêncio, e tão em silêncio que, apesar de óbvio, era preciso olhar bem para ver o caos. A primeira vez que visitou a casa foi dois dias depois do enterro de Rui, e era fria demais a ideia de Rui dentro de um caixão embaixo da terra. Maria estava sentada na sala do lado de lá da casa, olhando pela mesma janela que na noite de um aniversário há quatro anos. Se quisesse, podia ir lá para fora, mas ainda sentia a necessidade de fazer a menor quantidade de movimento possível, como se ficar parada garantisse que ninguém olhasse para ela e visse o sentimento de derrota. Sentada no sofá, olhando pela janela, sozinha no cômodo, porque Germano não estava por perto, viu aquela massa interminável se movendo como ondas pela estradinha que ligava a estrada à casa. Pela primeira vez, percebeu que não era com dificuldade que ela vinha, era apenas diferente mesmo, um ritmo próprio do próprio corpo imenso, e Maria achou muito engraçado que parecesse uma grande massa que se movia como ondas, porque mesmo que não conhecesse o mar e vivesse bem longe da água salgada, sabia que o mar existia e era azul ou verde, e a mulher, na verdade, vinha toda vibrante, muitas cores misturadas numa peça que podia ser ou um conjunto ou um vestido, tudo muito colorido, mas também com muita pele à mostra, o que fazia com que parecesse mais uma montanha se movendo, uma montanha se movendo em ondas. Esse pequeno momento, acompanhando a chegada colorida da parteira, fez com que o dia tivesse todas as cores também, cada uma daquelas que vinham estampadas nas vestes da velha.

Talvez um dia, quando estivessem sozinhas e parecesse adequado, Maria tiraria a prova da sua última conclusão e perguntaria para ela se o jeito como caminhava era dificuldade mesmo ou se era apenas uma forma de mover o corpo que parecia um fardo, mas só porque era diferente. Sabia que se chegasse a perguntar uma coisa dessas na frente de algum adulto, da tia, por exemplo, com certeza seria repreendida por causa da falta de educação, mas ela não seria de jeito algum mal-educada, e isso era uma coisa de adultos, ter de brigar com crianças por causa de qualquer coisa e todas as coisas, já sabia, acontecia sempre com os três, mas será que agora seria diferente, sendo apenas ela e Germano? De qualquer forma, naquele momento, era apenas ela, olhando pela janela aquele corpão de todo tamanho que se aproximava cada vez mais, e de uma forma engraçada, e também muito poderosa. A mulher abriu um sorriso, que nunca deixava de ser lindo, enquanto subia os degrauzinhos da área e parava na porta aberta e, mesmo que a porta estivesse aberta, deu três batidinhas com o nó do dedo indicador, fazendo o barulho alto do metal na madeira porque o indicador, assim como todos os outros dedos, era cheio até o fim de anéis fininhos e dourados, tantos que não se via pele entre as unhas e a palma das mãos. Seguiu sorrindo e abanou para Maria, que meio que não soube o que fazer, porque a parteira podia simplesmente entrar, a porta estava aberta, era só entrar, Maria estava na sala, bastava isso para entrar, e então Maria não tinha o que fazer, a não ser, quem sabe, dizer seja bem-vinda, dizer a minha casa recebe a senhora, mas Maria não via muito o porquê de tudo isso, porque a velha tinha consciência suficiente de si mesma para saber que seria felizmente bem-recebida em qualquer lugar em que parasse. Além disso, Maria não era tão importante quanto a mãe ou a tia, por exemplo, ora, talvez fosse isso mesmo que a senhora esperava que Maria se atinasse em fazer, ir correndo chamar alguém que fosse suficientemente importante para recebê-la como a pessoa importante que ela era. Sem sorrir de volta, porque o sorriso simplesmente não aconteceu, sem fazer nenhum sinal de reconhecimento que não fosse o do olhar, quase satisfeita com a própria percepção das coisas, Maria saiu correndo pela sala, entrou na cozinha e foi até a área de trás da casa, onde a tia estava ocupada estendendo as roupas que tinha lavado no tanque.

– Tá tudo bem, meu amor? Cadê o Germano?

– Eu não sei, mas tem aquela senhora gorda lá na porta.

– Isso não é jeito de falar, menina, não repete isso que é feio demais. – Mas a tia se empertigou e secou as mãos em uma das toalhas penduradas num varal. Não sabia por que falar que uma pessoa gorda era gorda podia ser algo feio demais, até porque ela mesma achava a parteira a coisa maior e mais linda do mundo, balançando, toda enorme e colorida, pela estradinha de terra, mas não teve tempo de contestar a tia, que lhe deu um empurrão gentil e saiu andando rápido até a sala, onde a visita já tinha confortavelmente se acomodado em mais da metade do sofá. Então ela não estava esperando ser bem recebida, já que aparentemente ela não precisava ser recebida de forma alguma, e talvez tudo o que a parteira quisesse fosse uma reação de Maria, mas Maria não teve reação alguma, embora o que seria reagir, sair em busca da tia provavelmente pudesse ser considerado uma reação. Ou poderia, se fosse com qualquer outra pessoa, e não com

Maria, porque a Maria faltava uma coisa muito forte, no momento, que era talento para acertar, meu Deus, como podia errar tanto o tempo inteiro, existia algo certo que fizesse? Se fosse Rui, com certeza teria sorrido e ido até a área e perguntado qualquer coisa, nem que fosse como tu é tão gorda, e isso era algo que Maria também gostaria muito de saber.

– Que coisa boa te receber! A senhora toma um chimarrão? Vou preparar um mate novinho pra gente.

– Não se preocupe comigo, querida, nem atrase seu serviço por mim, sei que deve estar tudo muito puxado. Se você quiser terminar de torcer a roupa, a Maria me faz companhia, não faz, criança?

Evidentemente que Maria estava disponível para passar um tempo com a parteira, mas ela percebeu que não tinha escolha entre fazer ou não fazer companhia para aquela mulher, que contava com a sua presença. Não apenas porque a tia ralharia com ela, mas também porque era impossível dar uma negativa, querer estar perto dela era inevitável, porque todo mundo queria muito e o tempo inteiro estar em volta daquela mulher, ela tinha uma coisa, não sabia o quê, mas uma coisa parecia uma boa definição e, também, tinha espaço suficiente para muitas pessoas estarem em volta dela, por causa do tamanho e da simpatia e da docilidade, e porque ela tinha ajudado todo mundo a nascer e as pessoas acreditavam que isso era quase uma ligação entre o divino e aquela mulher.

– Ótimo, então, na volta eu já trago o mate. – A tia saiu da sala lentamente, como quem queria muito ter ficado.

Maria se sentou ao lado da parteira no sofá, quase apertada entre o apoio do móvel e o corpo enorme e imóvel, e automaticamente começou a arrancar a carne ao redor das unhas, não sabia explicar como conseguia fazer isso, porque sempre teve muito pavor. Via Germano quase arrancando pedaços seus como se nada fossem e sentia em seu próprio estômago a dor que o primo devia sentir. Era incompreensível e, no entanto, estava ela agora, desde a hora em que Rui desapareceu, passando a ponta das unhas na pele fina que cercava as outras unhas. Já tinha conseguido tirar sangue e, na primeira vez que viu a mancha vermelha marcar seus dedos, sentiu um chocante prazer na ardência. Será que era isso que Germano sentia, será que se machucava porque gostava daquela dorzinha que acompanhava o ato? Duvidava. Já tinha ouvido a tia falar que não sabia como fazer para lidar com a ansiedade do filho, então talvez Germano fosse apenas ansioso e por isso arrancava a pele em volta das unhas. Maria estava ansiosa também e espremida ao lado da parteira. Olhou para suas mãos e viu que, mais uma vez, teve sucesso ao fazer sangrar onde ficam as cutículas, e, assim como era nojento ver aquele sangue, sentir aquela dor era também reconfortante. Tinha perdido o irmão dois dias atrás e talvez arrancar a carne dos dedos fosse uma maneira de disfarçar dor com dor e se controlar um pouco. Parecia bastante válido isso, disfarçar dor com dor e querer se controlar, e Maria estava com esse pensamento em mente, quando uma manzorra cobriu as suas e ela foi obrigada a parar.

— Não faz assim, criança, não tem por que sentir mais dor.

— Mais dor que o quê?

— Mais dor do que aquela que a gente sempre sente.

— Não é mais, é menos.

— Você acha que é menos?

— É diferente, eu não presto atenção.

– Eu sei, querida, mas você não presta atenção até que você presta, e, quando isso acontecer e você perceber todas essas dores que se causou, a dor toda aumenta.

Maria deu de ombros. Se sentiu extremamente desconfortável com esses comentários sobre seu novo hábito e sua antiga dor.

– Pensa no sangue como limite. Se sangra, você para. Combinado? – Maria fez que sim com a cabeça enquanto a mão metálica saía de suas mãos e pousava em seus cabelos, num afago carinhoso. Se a mãe olhasse para suas mãos cheias de sangue e feridas, não diria nada. A tia já tinha xingado o filho inúmeras vezes por esse comportamento e provavelmente faria o mesmo com Maria, ficando chocada com o fato de ela ser tão influenciável para uma coisa ruim dessas, onde já se viu. Será que alguém pensaria que ela estava fazendo isso para sofrer também, só porque Rui tinha sofrido? Seria patético acharem que algumas peles arrancadas em volta das unhas pudessem equiparar seu sofrimento ao de Rui, e só de imaginar alguém chegando a tal conclusão sentiu uma imensa vergonha. E se pensassem, estariam errados? Não se sentiu injustiçada o tempo inteiro, quando era o irmão quem estava doente?

Seguiam em silêncio e a parteira fazia carinho em seu cabelo, o que era bom, mas também meio estranho. Sabia que estava sendo analisada e sentiu vergonha por alguém olhar tanto assim, nesses tempos em que ninguém mais olhava. Tinha se acostumado a passar despercebida, era uma coisa triste demais, como se não fosse importante de forma alguma, porque existiam coisas mais importantes acontecendo em volta. Ficou com medo de ter sido grosseira, mas também que diferença faria ser estúpida ou não, não é como se estivesse colocando algo em xeque, tipo a mãe ou a vida do irmão ou qualquer coisa. Levantou os olhos para a parteira e, gentilmente, tirou a cabeça de lado e sentou em cima das próprias mãos, queria que o sangue em suas unhas não fosse mais assunto. Aceitou o silêncio, que pode ser uma forma de derrota, mas nem sempre, e pode também ser uma forma de desistência, o que era o caso. Desistia de tentar ter qualquer conversa, e a parteira percebeu seu desconforto, coisa que deixou Maria ainda mais sem jeito, porque alguém olhava para ela tanto a ponto de perceber que ela não se sentia à vontade, como se ela tivesse escolha em estar ali, como se ela precisasse ser conquistada para ficar ali, como se o desconforto fosse algo que devesse ser evitado, mas se tem uma coisa sobre o desconforto é que sempre pode ficar pior.

– E cadê a sua mãe, querida? Você sabe que tem que estar bem forte para ela, não sabe?

Os olhos da parteira eram duas bolitas que, na verdade, pareciam luas, de tanto que brilhavam, e a Lua só reflete a luz do Sol. Maria começou a morder a parte interna dos lábios porque morder a parte interna dos lábios fazia com que ela conseguisse controlar o choro, que era inevitável, aquele que vem num rompante e que, antes que se perceba, até as bochechas já estão doendo, porque parece que as lágrimas vêm de qualquer lugar e de todos os lugares, da boca e das bochechas e da testa e dos cabelos e até das unhas que começavam a doer uma dor que também era incontrolável, então Maria mordia a parte interna dos lábios e sentia alguma coisa que não sabia explicar, porque justo agora, quando alguém se preocupou com ela, só o fez para se certificar de que ela cumpriria direito seu papel. Queria desaparecer ou ao menos queria que alguém aparecesse. Germano devia estar dormindo ou simplesmente trancado no quarto, ficava lá o tempo inteiro, desde o enterro, sem permitir a Maria a sua presença para dividir as tristezas e os afetos desses dias seguintes. Maria não queria estar sozinha, Germano queria, escolhia a solidão, e que tipo de solidão será que é aquela que a gente escolhe? A mãe devia saber, ela escolhia ser sozinha, foi construindo a sua solidão, dia após dia, desde que o irmão ficou doente e enquanto lutou contra a doença, afastando para bem longe a Maria, que vivia uma solidão sem escolha. Queria responder que era impossível estar forte o suficiente para ajudar a mãe e queria dizer que a mãe não queria que ela se aproximasse, queria dizer que não fazia diferença, para a mãe, que Maria estivesse lá ou não, porque a mãe não reagia a ninguém. Queria também gritar que, desde o velório, desde a hora em que voltou a si, com a mãe lhe dando banho depois de Maria desmaiar, não viu mais a mãe, não tocou mais nela, não conseguiu olhar mais em seus olhos. Desde quando voltaram do cemitério da comunidade, a mãe não saía do quarto para nada, nem para comer nem para tomar banho. Como, querida senhora, como então seria possível estar lá para a mãe, e será que poderia, por favor, indicar onde fica lá e como chegar lá?

— Eu não sei onde ela tá. — Nem tudo o que se quer dizer pode ser dito.

— Ela não está em casa?

— Ela tá.

— É muito difícil para ela, sabe, criança? O que aconteceu com a sua mãe é a pior coisa que pode acontecer com uma mãe.

— Se eu morresse, também seria a pior coisa que pode acontecer com uma mãe.

A parteira calou e sorriu diferente, Maria não sabia explicar, embora tenha parecido que ela estava muito triste, e, nesse momento em que mostrou tristeza, fez a coisa que sempre pareceu óbvia a Maria para momentos assim. Levantou o braço, que era tão gordo quanto o corpo, e puxou a menina para um abraço tão quente e acolhedor que Maria sentiu que não tinha razão nenhuma para seguir mordendo a parte interna dos lábios, que estava tudo bem em desmoronar, em se encostar em um colo e deixar as lágrimas rolarem.

— Está tudo bem, meu anjo, você pode chorar tudo o que quiser chorar, você sempre pode chorar tudo o que quiser e vai estar tudo bem. — Maria conseguia sentir o que a parteira falava, que o mundo ia seguir girando enquanto ela chorava todas as suas lágrimas. Foi reconfortante. Pelo canto do olho, viu a tia entrando na sala com uma cuia com o mate pronto e a chaleira com água fumegante e lembrou da vez em que Rui se queimou encostando sem querer a perna na chaleira que estava no chão. Na época, começou a chorar com a bolha que tinha se formado e com a dor do queimão, e ela mesma já tinha se queimado e sabia como podia doer uma queimadura dessas. Colocaram a perna dele sob a água que corria da torneira do tanque enquanto ele gritava que ia morrer, ia morrer, ia morrer, e gritava com tanta força e chorava tanto que Maria e Germano passaram de inicialmente assustados com a situação para divertidos. Enquanto tentavam não rir, mas não conseguiam não rir porque era muito exagero, Rui berrava um monte de palavrões contra os dois e ficou dias remoendo Maria e Germano, esperando que os dois se machucassem seriamente, o que acontecia com frequência, só para poder gritar bem feito. A própria Maria rasgou a perna num arame farpado três dias depois, e o primo caiu um tombo imenso com a cara no chão, ficando com um galo ensanguentado na cabeça, que pareceu sério demais para que Rui se vingasse e, na verdade, talvez ele sempre tenha sido uma criança bem iluminada mesmo, e agora olhar para a chaleira lhe arrancava um sorriso.

A tia já estava sentada tomando calmamente uma cuia de chimarrão. O chimarrão, aliás, parecia ser uma cola para a ordem das coisas, ao menos para a tia, que não abria mão de ter a bebida pronta o tempo inteiro. Maria se sentia bem melhor, como chorar fazia bem, chorar com alguém, na verdade, era o que fazia ainda melhor, e por um momento a raiva angústia agonia foram quase que tiradas com a mão, e tudo o que sobrou parecia uma tristeza tranquila. Sorriu para a parteira e a velha passou a mão em seu rosto para enxugar as lágrimas, mas Maria ficou com a impressão de que ela só fez espalhar mais as lágrimas, por causa dos anéis. Eles fascinavam Maria.

– Não dói tantos anéis em todos os dedos? – Até as amenidades saíram leves.

– Já doeu, mas faz tempo que eu nem sinto mais. É a idade. A gente vai esquecendo de algumas dores, sabe? Você ainda vai ver.

– E mas por que tu usa tantos?

– Hmm, isso é um segredo, mas acho que posso contar para você. E acho que a tia também não vai contar pra ninguém, né? – Deu uma piscadinha para a tia, que respondeu com um sorriso e disse ah, juro jurado. – É um anel para cada criança que eu já ajudei a nascer, sabia?

– E quantos tem? – Maria tentou não arregalar os olhos, mas ficou fascinada com a informação e queria correr para contar ao primo o que era tudo aquilo.

– Ih, tem muitos.

– Tem um pra mim?

– Tem, sim, esse bem aqui, olha. – E Maria viu a parteira apontar para uma das argolinhas que ficavam bem no meio do dedo indicador, mostrando que aquela era a que mostrava o seu nascimento, como alguém que aponta estrelas no céu e dá nome para cada uma, ela não sabia o nome das estrelas, só sabia encontrar as Três Marias porque a professora tinha ensinado na escola.

– E o do Germano é qual?

– O do Germano é esse aqui, do ladinho do seu, cadê ele, aliás, acho que ele também gostaria de ver, não?

– Não sei. E o do Rui, cadê? – A velha deu um suspiro e fechou a mão.

– O do Rui quebrou.

– Acontece muito? Eles quebrarem? – Será que eles estouravam porque os dedos eram muito gordos e os anéis muito finos, mas Maria não tinha como perguntar isso.

– Não, foi o primeiro anel que quebrou. Os outros todos estão aqui.

– E onde é que tu colocou o anel do meu irmão?

– Ora, você que tem que saber onde ele está!

– Quê? – Maria estava a um passo de ficar irritada com essa história toda, e como ela iria saber onde o bendito anel estourado estava? – Eu não entendi, como é que eu vou saber?

– Maria, olha a boca! – A tia estava tomando o chimarrão sozinha e cuidando de ficar no seu próprio canto, mas tinha momentos em que ela não conseguia controlar a interferência.

– Tudo bem, querida. – A parteira sorriu, mas nem olhou para a tia. – Lembra aquela vez que eu vim aqui no dia de chuva?

Claro que sim, claro que lembrava. Nunca teria se dado conta, porque aquilo, para começo de conversa, em lugar nenhum pareceria um anel. Era puro arame dourado, então, quando ela dizia que o anel do Rui tinha estourado, ela realmente queria dizer estouro.

– Como é que tu sabia que era dele?

– Porque dessas coisas eu sei, querida. Você guardou ele?

– Sim.

– Então continua guardando e guarda para sempre, tá?

Se sentiu mal com a história, era estranho pensar que tinha guardado há anos, na caixinha de joias que tinha sido da vó, um anel que era um símbolo da vida de Rui e, mais que isso, um anel quebrado que era o símbolo da vida breve de Rui.

– Tu tentou consertar? O anel.

– Também não funciona assim, querida.

– E como é que funciona, então, com os anéis? Cada vez que uma criança nascia, tu ia na cidade e comprava um?

– Quase isso. Eu chegava lá e tinha um anel esperando por mim.

– E quem colocava o anel lá?

– Ele só estava lá.

– Deus não existe.

– Tudo bem, então pode ser mágica.

– Mágica não existe também.

– Então as coisas só acontecem assim. Desde o começo elas acontecem assim, e eu nunca questionei.

– Mas e como é que tu sabia?

– Porque eu sabia.
– Mas como é que tu acreditava?
– Porque eu escolhi acreditar.

Ela sorriu e fez uma cara de é assim que as coisas são, e o sorriso tinha um poder apaziguador que conseguiu controlar a raiva que Maria estava sentindo porque estava cansada de ser a última a saber das coisas sempre.

– Até o Rui ficar doente, a mãe ficou meio que louca aquela vez, sabe?

– Sinto muito, querida. Eu tinha que contar.

A tia largou a cuia no chão e se levantou da cadeira, indicando que a visita estava encerrada. Maria ficou comovida e muito grata, tinha ficado cansada. A parteira se levantou também e disse que estava indo, mas que voltava. Maria ficou satisfeita, queria que ela voltasse, apesar de tudo. Foi até a parte de lá da casa e entrou no quarto em busca da caixinha de joias. Estava guardada dentro da gaveta da mesinha de cabeceira. Abriu e tirou de lá de dentro o arame dourado que já tinha sido um anel e que já tinha sido a vida do irmão. Era só um arame, tinha de se lembrar disso, mas mesmo assim decidiu carregar ele junto. Foi na hora de guardar a caixinha de volta que viu o caderninho e o lápis coloridos que ganhou da parteira de aniversário. Logo que tinha aprendido a escrever, costumava anotar coisas de que gostava e palavras novas que aprendia, mas tinha parado de fazer isso nem lembrava quando. Agarrou o presente também e foi para o pátio se sentar embaixo da jabuticabeira, que era agora um lugar muito triste porque tinha todas aquelas lembranças dos três. Não sabia se acreditava em algo do que a parteira dissera, mas sabia que ela era muito adorada para sair por aí contando mentiras sem problema algum. Mas não fazia diferença. *Quando a gente deixa de acreditar, as coisas não deixam de existir.* Ficou olhando para o anel quebrado. Será que se fosse o anel dela que tivesse quebrado seria Rui que estaria sentado aqui agora e Maria que não estaria em lugar nenhum? Mas agora isso também já não fazia diferença. *Se uma criança pode morrer, todas as crianças podem morrer.*

Depois desse dia, a parteira começou a aparecer com frequência na casa, chegava sempre sacolejando seu corpanzil, cheia de seus anéis, e ficava por lá sentada, ocupando quase todo o espaço do sofá e deixando claro que vinha principalmente para ver Maria. Não que excluísse a tia ou Germano, caso ele aparecesse. Essa clareza servia principalmente para Maria, que gostava da sensação de se sentir cuidada, mesmo que fosse por uma mulher de quem pouco sabia, a não ser que provocava uma idolatria conjunta em todas as mulheres da comunidade e na própria Maria e, talvez, até nos homens, mas, quanto aos homens, Maria não tinha como saber, nunca viu reação nenhuma deles porque os homens geralmente ficavam lá, e lá era, especificamente, qualquer outro lugar que não o lugar das mulheres. Vai ver só as mulheres a idolatravam não pelos seus papéis de filhas, por terem nascido com a ajuda dela, mas pelos seus papéis de mãe ou de futuras mães que contavam com a ajuda dela. *Mulheres sempre recebem, mas receber também é se doar.* De qualquer forma, Maria era grata por esse colo e atenção frequentes, já que a tia estava atolada com todas as atividades das casas, mais tirar leite das vacas, alimentar os animais, varrer todo o pátio num dia para, no dia seguinte, varrer todo o pátio de novo, cuidar de Germano e também de Maria, fazer comida para todo mundo, e todo mundo era uma quantidade a mais ainda de gente, porque agora estavam todos se ajudando na hora de carpir a plantação nas terras de casa e era ali que os homens se reuniam para almoçar. No dia seguinte ao enterro de Rui, o pai não aguentou a casa e voltou ao trabalho. Maria ouviu o tio dizendo, na noite depois do enterro, quando os dois fumavam na área, que ele levasse o tempo que quisesse, que o trabalho seguiria sendo feito, mesmo com um a menos.

– Agora que Rui morreu, morro eu, se ficar dentro dessa casa. – E, no dia seguinte, madrugando como sempre, o pai e o tio saíram e foram trabalhar, com as roupas que estavam ainda imundas porque, apesar de não terem trabalhado nos dias anteriores, nenhuma das mulheres da casa teve tempo ou prioridade para cuidar das roupas sujas de camadas de terra que deixavam as pesadas peças ainda mais pesadas, mais grossas, como se o tecido triplicasse sua espessura.

É que o pai também não sabia como existir no mesmo espaço que a tristeza da mãe. Quando as pessoas todas foram embora e eles voltaram do cemitério, a mãe não emitia mais som algum. Parecia que não respirava, porque não emitia nem o barulho eventual do ar entrando ou deixando os pulmões, não suspirava, não tentava resgatar todo o ar que podia, como se disso dependesse sua vida. Maria, sentada no banco de trás do carro, começou a prestar atenção porque achou que a mãe pudesse segurar a respiração de propósito, numa forma de protestar contra a vida ou, pior, que não respirava mais apenas porque já tinha desistido de tudo, e a própria respiração era esforço demais. A aflição preocupada de Maria durou até lembrar que ninguém consegue voluntariamente segurar a respiração para morrer, porque o instinto vai ser sempre de soltar o ar. A professora tinha explicado isso na escola, enquanto ensinava o sistema respiratório, mas Maria ficou com muita pena da mãe porque talvez ela não soubesse disso e seguisse tentando segurar a respiração por nada. Parecia mais seguro que ela não soubesse.

Chegaram de volta à casa e um casal de vizinhos estava lá, sentados na área esperando. Tinham ficado a pedido do tio, que conseguiu organizar todas as coisas o dia inteiro e seguiu assim até o final, mesmo em meio a toda a dor e absurdo que era aquele dia. Maria estava perto do tio quando ele falou que todos os venenos estavam no porão e que, se deixassem a casa sozinha, era certo que iam sumir e os vizinhos disseram que ficariam eles cuidando da casa e Maria se sentiu ofendida porque a vida prática, essa que acontece todos os dias, seguia vida e prática e com ares de todos os dias, mesmo quando o irmão morria. O casal apertou as mãos de todo mundo e foi embora. Maria e Germano foram para o lado de lá da casa, entraram no quarto que antes era da vó e ficaram lá por horas, até a manhã seguinte, apagados na cama de mola da vó, onde todos pulavam não muito tempo antes. Estavam exaustos depois de terem passado a noite anterior inteira acordados, velando o corpo. Acordaram com cheiro de café e foram obrigados a comer, e tudo já estava num silêncio insuportável, Maria e Germano sentados um de frente para o outro, Germano calado demais, talvez triste demais, não tinha como saber o que o primo pensava, mas podia supor. Quem sabe se sentisse da mesma forma que Maria, porque tudo bem que não dividisse os pais com uma criança doente e agora com a lembrança de uma criança que foi doente, mas era obrigado a dividi-los com Maria, que precisava ser cuidada, não apenas de maneira prática, roupas limpas e comida, mas de um cuidado de alma também, porque a tia sempre tentava suprir as demandas da sobrinha. Germano era o mais injustiçado da história, muito mais que Maria, mas ela não tinha como saber o que ele pensava porque o primo sempre parecia muito bem, menos agora e desde o dia anterior, menos quando olhar para o Rui tão bonito deitado naquele caixão fez com que todos pensassem que podia ter sido um deles lá, e por que será que não era nenhum deles lá.

Maria ficava bastante por lá, recolhia os ovos, alimentava as galinhas e ajudava a tia com os afazeres. Ia para a cozinha quando Germano estava na sala e para a parte de lá da casa quando ele, de repente, estava em todos os lugares. Se fosse por ela, nada disso estaria acontecendo e os dois continuariam com a vida normal de sempre, mas ela estava aprendendo que as escolhas geralmente não eram dela e, mais do que isso, que ela não tinha nenhuma capacidade de controlar as coisas que aconteciam ao seu redor, não importava quanta pele em volta das unhas arrancasse, e até que era um alívio perceber isso, mas acontece que a percepção não vinha de mãos dadas com a aceitação, e ela definitivamente não aceitava. *Por que será que a gente não pode controlar todas as coisas e muito menos todas as pessoas?* O primo era a sua única pessoa agora e pensar que ela fosse para ele a lembrança da casualidade da vida era bastante dolorido, e não era coisa da cabeça dela. Uma tarde, Maria entrou no quarto de Germano e o primo, com todas as letras, lhe pediu que saísse.

— Eu quero ficar sozinho.
— Mas eu não quero ficar sozinha.

— Mas nem tudo pode ser problema meu, daí, Maria. Isso é problema teu.

Maria ficou ainda uns segundos parada na porta do quarto, ofendida. As lágrimas vieram com força e Maria não teve tempo de morder a parte interna dos lábios e se odiou por isso, porque agora Germano tinha visto como era tão fácil fazer Maria chorar e ela estava há anos tentando evitar que fizessem essa descoberta. Saiu do quarto e foi para a sua parte da casa, pulou o murinho da área porque não queria dar um passo a mais para fazer o contorno pela porta. Fazia dias que não via a mãe direito, a via apenas como uma sombra pela casa, entendia que era importante dar a distância para que ela pudesse se esvaziar de tristeza, e também não queria ver a mãe porque sabia que ela estava em um estado deplorável e vê-la só faria com que Maria sentisse uma agonia muito grande, mas quando entrou na sala, lá estava ela, sentada no sofá, enrolada no cobertor, olhos focados em nada. A mãe fedia. Essa era a sequência de transformações que o cheiro teve nela: do cheiro maravilhoso de todas as coisas doces, passando pelo cheiro nenhum, até aquele odor repugnante que emanava de seu corpo inteiro. Podia fazer dias que a mãe não tomava mais banho e Maria conseguiu sentir um lapso de pena ao ver aquela mulher abandonada, mas logo depois não conseguiu controlar a raiva, ela própria, Maria, não era motivo suficiente para a mãe não se abandonar? *A gente também sente nojo de quem ama e às vezes o nojo é só raiva.*

— Vem aqui, meu anjo, senta aqui com a mãe. — Pela primeira vez, em vários e vários dias, a mãe estendeu a mão para Maria e uma luzinha de esperança se acendeu. Quem sabe estaria certa desde o começo e, aos poucos, a mãe voltaria para ela, dia após dia, voltaria a ver a realidade em volta e perceberia a Maria porque ela é quem estava ali, e vem aqui, meu anjo, senta aqui com a mãe fez Maria sentir, pela primeira vez desde a morte do irmão, um alívio do peso da humilhação que experimentava por ter desesperadamente desejado que a morte de Rui resolvesse seu problema, quando, na verdade, o problema todo ia muito além da disponibilidade de tempo que a mãe tinha para olhar para suas crianças. Tentou enxugar as lágrimas que escorriam de seus olhos por causa de Germano e se aproximou da mãe. Era a primeira vez que era chamada desde o último dia, e quem sabe agora a mãe estaria aberta e faria sentido que a filha precisasse ser forte para apoiá-la, porque a mãe vivia, de fato, o pior que poderia viver em sua vida. E o pai voltaria a ser permanente quando a casa voltasse a ser constante. Sabia que para fazer o pai parar de beber em qualquer tempo livre ou parar de ser intransigente e parar de todas as coisas era preciso dar constância de novo à casa. O pai, enquanto Rui morria, estava presente porque ainda sabia o que fazer. Agora ele não sabe mais.

— Como tu está, meu amor, quem tem cuidado de ti? — A mãe puxou Maria para um abraço embaixo de seus braços e embaixo do cobertor. Estava nojento, porque a mãe fedia muito, seu corpo cheirava mal e seus cabelos também e tudo nela cheirava demais, e Maria queria muito poder mandá-la tomar banho, poder dizer vai tomar banho que eu faço algo para ti comer, toma banho que eu cuido de ti, mas pedir para a mãe fazer qualquer coisa era um risco, porque qualquer coisa poderia trazê-la de volta para a realidade, não aquela real, mas aquela na qual ela estava imersa agora. Então Maria deixou-se ficar, no calor e naquele abraço, até que acordou na cama, no alto da madrugada, sem se lembrar de jantar ou de tomar banho ou até mesmo de andar até seu quarto e, sem mais sono e com toda a madrugada pela frente, decidiu que, a partir do dia seguinte, se empenharia com todas as forças para fazer a mãe voltar à vida, para mostrar que ainda era querida e necessária no lado de cá de toda a dor, e Maria estava ali para tudo, para aguentar os rompantes raivosos do pai e a distância de Germano e até mesmo as ausências da mãe, naqueles momentos em que ela não podia fazer nada que não ficar em algum lugar muito triste dentro de si mesma, tentando encontrar alguma coisa que provavelmente não estava mais lá e nunca mais estaria, porque o irmão tinha morrido, tinha ficado doente muito novinho e sofrido demais e, depois de muitos e muitos dias de dor e doença, ele finalmente tinha morrido, tinha se livrado daquele corpinho debilitado e da necessidade de atenuar o sofrimento de todos, porque ele tinha uma alma muito boa, melhor que a de todos naquela casa, mas ele não estava mais lá.

 De manhã, saiu da cama, pegou seu caderninho e foi para a parte de lá da casa, e a casa tinha às vezes uma vida própria que ia além de todos eles, porque o sol lá de fora entrava por todas as janelas e portas abertas, e a tia já tinha aberto todas as janelas e portas das duas partes, a de lá e a de cá, e Maria pensou em tudo como amarelo. Se alguém perguntasse, mas ninguém nunca perguntava, essa manhã seria uma manhã amarela, e ela nem lembrava há quanto tempo não via uma cor assim em pequenos momentos. Se sentou à mesa para tomar o café da manhã que a tia preparava e comeu com vontade uma fatia de pão com geleia, e comeu com vontade mais uma fatia.

Tinha cheiro de café e de comida, porque a tia já adiantava o almoço, e tinha cheiro de madeira e leite e manhã e animais. Tinha tantos cheiros que há tempos Maria também não reparava que ela podia jurar que estava feliz com aquela manhã. A tia deve ter percebido a leveza da sobrinha, porque lhe deu um beijinho na cabeça e disse tá bonita mesmo a manhã hoje. Que gentil era a tia, Maria a amava e era grata pela sua presença constante.

– Olha lá quem vem vindo, então. – E quem vinha era a parteira, dessa vez ainda de manhã, chegava até a casa com suas roupas cheias de cores e seu corpo que não era infinito porque não tinha como ser, mas que sempre evocava esse adjetivo. Maria correu para fora enquanto a tia gritava que ela levasse uma cadeira e avisasse que daqui a pouco já estaria pronto o chimarrão. De manhã ainda tinha sol na grama em frente à casa, então arrastou duas cadeiras até a sombra da jabuticabeira, que era grande e estava fresca.

– A tia já vai trazer o chimarrão. – Foi a primeira coisa que Maria disse, antes mesmo de bom dia e antes mesmo de sorrir, por mais que se sentisse sorrindo muito essa manhã.

– Ora, é claro que sim. – A parteira soltou uma gargalhada e Maria riu porque achou lindo que a parteira também estivesse tão feliz e também por causa da gargalhada dela, que conseguia ser ainda mais incrível do que o sorriso e a risada, e a tia estava mesmo sempre vindo com o chimarrão. Definitivamente amarelo, mas também alaranjado.

Se sentaram e Maria começou a mostrar o caderninho em que voltou a fazer tantas anotações. A parteira elogiou a letra de Maria apenas por gentileza, ela sabia, porque na escola a professora sempre a obrigava a treinar a caligrafia porque sua letra parecia mais de menino do que de menina.

— Ora, responda à professora que a sua letra parece com a letra de alguém com muita personalidade e deu, não existem essas coisas de menino e de menina — disse a parteira, e Maria riu porque ela provavelmente era alguém de muita personalidade mesmo. — E essas coisas que você escreve, de onde elas vêm?

— De mim, são as coisas que eu sei.

— E como é que você sabe? *Às vezes a gente não quer tanto uma coisa que chega a esquecer as coisas que a gente quer?*

— Tá errado? Eu sei porque eu vejo, acho.

— Não tá errado, tá muito certo. E este: *Os dias que são os mais felizes também podem ser os piores?*

— Esse tá errado? — Maria estava ansiosa como se precisasse explicar cada uma das coisas que tivesse escrito com muita sabedoria quando, na verdade, talvez só tenha jogado esse monte de palavras aí sem saber de nada, não é assim que a maioria das coisas é escrita?

— Não, não, nada está errado. Eu só queria saber de onde esse vem. — A parteira sorriu e Maria ficou mais tranquila.

— Que cabem todas as coisas em um mesmo momento. Tipo o dia em que a mãe viu que o Rui estava doente, que foi um dia horrível porque se percebeu que ele estava doente, mas que também foi um dia muito bom. Mas não sei.

— Sabe, sim, criança. Acredita sempre que sabe sim, tá? — Maria sorriu e fez que sim enquanto a tia atravessava o gramado trazendo a cuia, a chaleira e uma cadeira pendurada no braço. A casa ao fundo parecia viva de novo pela primeira vez desde a morte de Rui, e quando uma casa parece viva quer dizer que tem muitas pessoas dentro dela que estão vivas e felizes ou tentando.

— *A casa não é só uma casa, mas também é uma história por causa das pessoas.* Que precioso, criança. Você sabe a história da casa? — A parteira levantou o olhar do caderninho curiosa.

— Sei, a vó contou. Tu sabe?

— Sei, ela me contou também uma tarde, anos atrás.

— Bom dia para a senhora! — A tia se aproximou, deu um beijo feliz na parteira e ajeitou a cadeira entre as duas, formando um triângulo, e não uma roda, porque eram em três só. Encheu a cuia e passou para a velha. Maria jurava que metade da bomba desaparecia por causa das bochechas gordas.

As três estavam ali sentadas falando amenidades sobre a vida. A tia contava como esfregar à mão e escovão e sozinha tantas calças de brim encardidas até dizer chega estava fazendo com que ela ficasse cada dia mais forte.

— Fisicamente, né, se bem que acho que posso dizer que em todos os sentidos mesmo. — E deu um sorrisinho em direção à sobrinha, e Maria entendeu o que ela quis dizer e de fato ela falava a verdade, porque, se tinha alguém que estava segurando todas as pontas todos os dias, esse alguém era a tia.

— E ela tá como? — a parteira perguntou e disse ela, mas era claro de quem falavam e a própria Maria quase quis responder que estava quase bem, mas que estava ainda lá em algum lugar e tentando voltar.

A tia fez um leve sinal de mais ou menos ou de tá difícil ou de eu não consigo saber como ela tá ou de ainda só chora, passou mais de mês e só chora, mas sorriu mais uma vez para Maria, estendeu o braço para a sobrinha, que entendeu e andou até o colo oferecido para receber um beijinho na bochecha e um carinho no cabelo.

– Ela tá tentando, mas deve ser tão difícil, né? Nem imagino, nem consigo imaginar mesmo. Mas ela é forte, não é, Maria? A mãe vai ficar bem.

Maria fez que sim com a cabeça e mordeu a parte interna dos lábios porque agora só conseguia sentir uma pena sem tamanho da mãe, que ontem voltou a um normal que as pessoas e a própria Maria consideravam normal, e, de novo, como será que ela tinha achado que seria diferente? Que a mãe seria forte quando ela perdia o motivo que mal e parcamente a segurava em pé nos últimos tempos? Como tinha sido ingênua, mas também, se tinha sido até aqui podia continuar sendo, porque não foi por nada que ontem a mãe voltou, porque não era por nada que ela ainda estava todo dia dentro daquela casa e porque não era por nada também que estava deixando sem censuras que a tristeza saísse. A mãe era uma pessoa muito muito triste e deixava que todos vissem isso. A Maria era solitária e não sabia como mostrar.

A parteira concordou com a tia, disse que sim, que ela se recuperaria a tempo de ver tudo que ainda existia em volta dela, porque a tristeza era uma coisa muito grande, mas ainda era apenas uma das coisas. Existiam várias outras. Concordavam nisso quando Germano, lá da área, berrou bem alto o que tu tá sempre fazendo aqui? Maria saiu do colo da tia e voltou para sua cadeira a ponto de ver a cor meio que abandonar o rosto da tia, que ficou com muita raiva do filho. Dava para ver o desafio e o medo que passavam pelo rosto do primo, porque ele sabia, com certeza ia apanhar e ia apanhar muito, embora fizesse muito que não apanhassem, os dois. Só não apanhavam porque também levavam muito a sério todas as coisas que podiam matar. Ser respondão não matava nem abria janelas, mas era uma das grandes liberdades disponíveis quando o mundo se resumia em nós contra eles, crianças contra adultos. Germano estava encrencado demais e sentia isso lá da área. Foi respondão com a parteira, que a tia idolatrava e que, há semanas, vinha até a casa deles mais do que qualquer outra pessoa, até porque as outras pessoas, na verdade, pareciam estar dando um tempo para que eles curassem todas as suas tristezas ou talvez só não quisessem estar por perto testemunhando assim tantas tristezas, que deve haver um limite entre o que a gente pode e o que a gente quer receber dos outros.

A parteira arregalou os olhos, mas não surpresa de verdade, e sim divertida, e Maria conseguiu sentir até um pouquinho de raiva dela, e que bom que Germano tenha se irritado, embora não tivesse muito com o que se irritar. Tudo o que a mulher fazia era vir até a casa, ficar sentada e conversar com Maria, mas isso era uma coisa recente, que começou a acontecer desde a volta de Rui para casa, e com mais frequência desde o dia em que Rui morreu, e ela fazia isso quase sem dar explicação nenhuma. E Germano não sabia do pouco que ela tinha falado porque não tinha como saber, já que estava deixando Maria do lado de fora de si.

– Germano, isso são modos! A gente vai se ver depois, bichinho – a tia falou num sussurro alto o suficiente, e o primo quase começou a chorar, mas, nessa hora, a parteira, que tem tanto coração e gentileza quanto corpo e idade, embora não se saiba qual sua idade, dizem que é muita idade, estendeu um braço muito gordo para Germano e disse venha cá, querido. Enquanto o primo vinha meio hesitante, mais por medo da mãe do que qualquer outra coisa, Maria viu a própria mãe saindo de dentro de casa e parando na área da parte de cá da casa, sentando quieta num cantinho perto de uma folhagem. Sabe o quê? Dessa vez ela não parecia tão encolhida como sempre, parecia quase que, depois de passar tantos dias encolhida como se tentasse fazer um casulo para curar o que tinha sido quebrado, seus braços e seus ombros e todas as partes do corpo estavam se esforçando para voltar ao lugar de origem, um pouco mais distantes do coração.

– Está tudo bem, querido, pode vir.

Germano se sentou no chão ao lado da cadeira de Maria, que achou engraçada a timidez do primo porque já se sentia muito íntima daquela mulher, embora não soubesse praticamente nada dela e estivesse, então, no mesmo lugar que o primo, apenas mais evoluída nos afetos.

– Tudo bem, meu querido, eu acho também que eu preciso explicar e que, talvez, deveria até ter explicado antes, mas vocês confiaram em mim e quem confia não pede nada em troca, não é mesmo? – Nessa hora ela olhou para Maria e Maria se sentiu meio infantil porque nunca perguntou nada, mas na verdade ela era mesmo uma criança que queria ser mais adulta e não sabia como fazê-lo, e Germano era uma criança que sabia como ser mais adulta e em outros tempos ela diria que ele provavelmente era mais feliz do que ela, mas ela aprendeu que achar isso era uma grande besteira. Todo mundo podia dar mergulhos ainda muito mais profundos do que os dela, inclusive não fazia diferença, só fazia diferença que cada um era o único que podia dar conta de seu próprio mergulho e isso, na verdade, ajudaria a aplacar o sentimento de injustiça, quem sabe, e Maria viu Germano ficar muito constrangido. Talvez ele estivesse fazendo exatamente o caminho contrário do pensamento: como Maria conseguia ser mais adulta, enquanto ele era tão infantil, mas Maria achava que isso não fazia com que ele achasse que Maria fosse mais feliz do que ele, porque provavelmente só ela era dada a essas idiotices de comparar as coisas assim.

— Mas na verdade você está certíssimo, Germano. Se espera sempre saber quem são as pessoas que estão na nossa casa e por que essas pessoas decidem estar na nossa casa. Vocês já ouviram que as minhas mãos são mágicas? Não? Bom, as minhas mãos são mágicas, sim. Crianças que passam por elas sempre completam o ciclo da vida. — Ela deu um daqueles sorrisos que chegam a ser óbvios, como se não existisse nada no mundo que pudesse ser mais natural do que aquele sorriso naquele momento. — Mas mais do que a mágica, o que acontecia era o cuidado, o cuidado é a coisa mais importante, e eu sempre fui querida porque sempre quis demais. Mas a mágica falhou. Desde que o Rui morreu, eu não ajudo mais nenhuma criança a vir ao mundo porque o Rui morreu, não como se fosse minha culpa, mas sim porque eu já não ofereço mais garantia nenhuma, não sou mais nenhuma proteção. Mas, antes de me resolver, eu preciso ver vocês resolvidos, sabe? Preciso, já que não posso mais fazer a única coisa que eu já fiz, terminar a coisa que fiz e que deu errado. Faz sentido?

— Não — disse Germano, mas agora mais calmo e indefeso, dizendo o tipo de não de quem quer ouvir mais.

— Faz, sim — Maria se impôs ao primo mais pelo prazer de tentar machucá-lo do que por qualquer outra coisa. Ela mesma não tinha entendido muita coisa, parecia que nada era dito de forma direta. A tia olhava para a parteira e lhe sorria, mas Maria conseguiu ver que seus olhos estavam cheios de lágrimas que ela queria chorar, e percebeu que ela deveria estar muito grata com a presença da parteira frequentemente na casa, já que, antes disso, cabiam a ela todos os cuidados, e como deveria estar exausta de ter de cuidar de todo mundo, será que ela se ressentia com a mãe de Maria? Maria achava que não, porque tinha essa coisa de que mães se entendem.

— É o contrário, então. — Veio aquela voz lá da área e Maria e Germano se viraram surpresos ao ouvirem a mãe falando qualquer coisa que pudesse ser compreendida. — Tu não pode mais trazer uma criança ao mundo e ensinar naquele momento a receber a vida, mas agora tenta, então, ensinar a receber a morte?

— Não sei, querida. Você acha que é isso? Eu realmente não sei. — Maria viu que ela também, gorda e velha, trazia no rosto uma tristeza que era cheia de pedacinhos das tristezas de todos eles.

— Porque não é a morte que eu não compreendo ou não aceito...

— É a morte do seu filho.
— É a morte do meu filho.
— É a morte do meu irmão.
— É a morte do Rui.
— É a morte da nossa criança.
— É a morte da criança de vocês.

Foi como se todo mundo tivesse sido colocado em uma sala muito pequena e muito escura e muito abafada onde ninguém quisesse mesmo estar, mas estavam todos juntos no desconforto de, todos juntos, dizerem pela primeira vez em voz alta, transformarem naquela verdade palpável e concreta, naquela coisa que é tão real quanto eles próprios e quanto a própria casa e quanto as árvores e os animais e quanto também a comida que comiam e as visitas que recebiam e todas as outras coisas que faziam parte da vida, porque isso fazia parte da vida agora: Rui tinha morrido. A parteira foi embora logo depois desse momento e era como se o dia voltasse a ficar sem cor, não porque Maria relacionasse as cores àquela mulher, mas porque a força com que todos eles ali, ela e a mãe e Germano e a tia, tentaram deixar vazar de suas gargantas a maior barreira de todos os seus dias tinha sido pesada demais. Voltaram para dentro de casa, os homens chegaram da roça para o almoço que a tia serviu, a mãe se sentou junto à mesa, não falou palavra, não provou comida, mas ficou ali existindo entre todos eles, fumando seus cigarros intermináveis. Depois de comer, Maria correu ao quarto e pegou o que já tinha sido o anel que representava Rui numa mão que era também um mapa e o entregou à mãe.

– Ela disse que cada um que ela ajuda a nascer tem um anel na mão dela, esse é o de Rui. Quando ele quebrou foi que ela soube.

A mãe deu um abraço em Maria e fechou a palma da mão em volta da peça, e quais as chances de aquela parteira ser de fato milagrosa, as chances não existem, mas ninguém via com clareza porque, também, é preciso sentir que há que culpar para perdoar e para seguir. Rui tinha morrido, e quem morre fica bem, e quem fica aqui aprende a lidar, e quem lida cresce e há que se crescer para saber perdoar, e Maria contava muito com todos esses passos na vida porque precisava, antes de tudo, perdoar a si mesma. A mãe lhe sorriu e disse que ela podia guardar ela o anel, já que fora ela quem tinha ganhado e merecia mais do que todos ter aquela lembrança bem pertinho. Maria pensou nas brincadeiras e nas trocas e em toda a ansiedade e agonia, nas noites sem dormir e nos choros de dor, no pai que tinha ficado uma pessoa estranha e na mãe que lhe escapava até mesmo como uma pessoa e pensou em tudo que ainda existia pela frente e na coisa que nunca lhe faltou, mesmo em todo o caos, que era a esperança. Os dias se repetiriam até o final e não havia como cansar deles, era preciso entendê-los e suportá-los. *A vida sempre continua, mas como a vida pode continuar*, mas a vida sempre continua. Espaço vazio não preenche espaço vazio, Maria. Agarrou o metal que a mãe lhe entregava e sentiu o impulso de morder a parte interna dos lábios e, quando foi morder a parte interna dos lábios, simplesmente parou e chorou todas as lágrimas, porque ela estava em casa e com pessoas que amava e *a gente só deve esconder quem é de verdade das pessoas que não importam*.

A parteira não voltou à casa depois daquela manhã e, embora no começo Maria sentisse muita falta, também entendeu que ela não voltaria mais porque pode até ser que eles não tenham entendido a morte ou o luto, mas talvez eles tivessem entendido que estavam juntos todos, e a parteira também nunca mais apareceu na comunidade. *Eu não sei o que é mais importante, se a primeira vez ou a última*. Dizem que ela se foi como apareceu, cheia de bênçãos, mas sem passado e sem futuro, e Maria riu pensando em como para todo mundo aquela mulher era um presente e Germano riu muito disso também. Enfim, a vida seguiu, porque essa é uma das coisas mais tristes sobre a morte de alguém a quem se ama muito: tudo continua. *Existem palavras que só fazem diferença quando dizem respeito a algo que faz diferença.*

Maria tinha decidido, depois daquela manhã, que tentaria ajudar a mãe a dar pequenos passos de volta ao presente, também porque sentia saudade, também porque precisava ser amada, também porque não aguentava mais ser sozinha, mas também porque sabia que a mãe não aguentaria uma vida inteira em um sofrimento assim. Naquela tarde, arrancou uma folha do seu caderninho e anotou comer uma fatia de pão, tomar dois copos de água, lavar o cabelo, trocar de roupa. Colou na geladeira com um ímã e deixou uma canetinha colorida presa a um barbante verde pendurada ao lado da lista. Levou dias até a mãe completar aqueles itens básicos da listinha, e sempre que alguma coisa aparecia riscada, Maria adicionava outra. Varrer a casa, colocar um vestido bonito, fazer um bolo, passar batom, fazer chimarrão para a tia. Uma a uma e pouco a pouco, as coisas eram riscadas e Maria tinha vontade de chorar o tempo inteiro. Não entendia muito bem a sua própria tristeza nem a sua própria solidão, principalmente agora que a mãe voltava, até que entendeu que continuaria triste e solitária mesmo com a volta da mãe. Escrevia muito em seu caderninho sempre que podia e escreveu até entender que, talvez, a solidão não fosse algo que viesse de fora e, mesmo olhando para dentro o tempo inteiro nos últimos tempos, seu próprio olhar para si mesma estava viciado. Tentava mover tudo o que podia, mas, no fundo, ainda sentia que tudo acontecia em volta dela e perto dela e em cima e embaixo dela, mas que nada de fato conseguia atingi-la. De qualquer forma, viu a mãe aos poucos voltando e isso era uma felicidade, sim, e a felicidade aconteceria assim para sempre: misturada com todos os outros sentimentos e demandando muita atenção para não passar despercebida.

Um dia chegou em casa da escola e tinha um cheiro maravilhoso na cozinha, e Maria arregalou os olhos porque sabia que isso definitivamente não estava na lista. A mãe fumava encostada na pia e sorriu quando viu o sorriso se formando nos olhos da filha, que a olhava surpresa enquanto encarava quase salivando a mesa pronta para o almoço. Tinha polenta e galinha com molho e fatias de queijo já cortadas, prontas para se derreterem no creme amarelo.

– Tu tem que lavar essas mãos e essa cara antes, né?
– Não tava na lista.
– Verdade, mas hoje eu completei toda a lista. Hoje eu tô até de batom, tu vê?

Maria sorriu e correu ao banheiro para se lavar. Passou pelo quarto do irmão, que estava com a porta e as janelas abertas, recebendo ar, e ela viu que a roupa de cama tinha sido trocada e tinha cheiro de limpeza saindo de lá. Antes de o quarto voltar a ser reintegrado à casa como um cômodo normal, Maria passava horas sozinha trancada lá dentro. Numa noite, achou o caderninho que Rui tinha ganhado da parteira no dia do aniversário – o seu tinha acabado fazia tempo porque anotava todas as coisas em que pensava, e anotá-las fazia com que percebesse como os sentimentos e aquelas verdades verdadeiras e eternas são tão flutuantes quanto o tempo, e se perguntava se algo era, de fato, fixo. Pegou o do irmão para si e, quando abriu, achou desenhos da família, algumas letras soltas e uma frase que dizia simplesmente eu sou rui e moro aqui. Guardou consigo sem mostrar para os pais, mas também sem escrever nada em nenhuma das outras folhas do bloco. O irmão sempre fora corajoso a ponto de escrever, ele próprio, em primeira pessoa.

Voltou para a cozinha e, pisando em silêncio, viu que a mãe segurava as lágrimas. Entrou e ficou olhando para a mulher, que não aguentou e se permitiu chorar. Se abraçaram e Maria se sentou à mesa. A mãe insistiu em servir o prato de Maria porque a comida estava quente.